Marie de France, Saint Patrick, Thomas A. Jenkins

L'espurgatoire Seint Patriz of Marie de France

an Old-French poem of the twelfth century

Marie de France, Saint Patrick, Thomas A. Jenkins

L'espurgatoire Seint Patriz of Marie de France
an Old-French poem of the twelfth century

ISBN/EAN: 9783337402457

Printed in Europe, USA, Canada, Australia, Japan

Cover: Foto ©Andreas Hilbeck / pixelio.de

More available books at **www.hansebooks.com**

L'ESPURGATOIRE SEINT PATRIZ

OF

MARIE DE FRANCE

An Old-French Poem of the Twelfth Century

PUBLISHED WITH AN INTRODUCTION AND A STUDY OF
THE LANGUAGE OF THE AUTHOR

DISSERTATION PRESENTED TO THE BOARD OF UNIVERSITY STUDIES
OF THE JOHNS HOPKINS UNIVERSITY, BALTIMORE, FOR THE
DEGREE OF DOCTOR OF PHILOSOPHY

BY

THOMAS ATKINSON JENKINS

Philadelphia:
PRESS OF ALFRED J. FERRIS
1894

CONTENTS

TO

Dr. A. Marshall Elliott

PREFACE

In the summer of 1892, when I began the work which has now reached completion, I had no larger aim than a critical publication of the text of the poem which is herewith offered to students of the origins of the French and English literatures. But the unfortunate death of Prof. Dr. Edouard Mall, of Würzburg, having left the whole subject of the Purgatory legend as it were *in suspenso*, and the fundamental question of the dialect of Marie de France being unsettled, it seemed desirable to add studies upon these subjects, as well as to present the new material as to the language of the author gathered in an examination of the hitherto unstudied manuscript of the *Espurgatoire*.

My aim has been to restore as nearly as possible (with the usual concessions to facilitate reading) the text of the poem as it came from the hands of its author. The means relied upon to reach this end have been the edition by Dr. K. Warnke of the *Lays* of Marie de France (an excellent work, though not entirely free from errors) ; the manuscripts of Marie's *Fables* which, for several years, have been before the Romance Languages Seminary of the Johns Hopkins University ; and, finally, the Latin *Tractatus* of Henry of Saltrey (of which the *Espurgatoire* is a translation) especially that version of it contained in the British Museum MS. Arundel 292.

Even with these aids, the restoration of the text

of Marie's poem from the single Paris manuscript, which, from indications, is two or three removes from the original, and somewhat carelessly written, has been a task not without obstacles. However short I may have fallen of the full attainment of my aim, I am glad to have been able to promote a closer acquaintance with an interesting figure in literary history, and with a legend which embodies so well the religious ideas of western Europe in the twelfth century.

The latitude which I have permitted myself in the matter of orthography seeks its main justification in my belief that, Marie's poem being a translation of a Latin treatise upon a Church subject, a tendency to Latinization was inevitable.

T. A. J.

PHILADELPHIA, *Christmas*, 1894.

INTRODUCTION

THE history of the legends connected with the Purgatory of Saint Patrick in Ireland was first made known to a wide circle of modern readers by the eminent English scholar, Thomas Wright,[1] just fifty years ago. Briefly described, the so-called "Purgatory" was a cavern which was situated upon an island in Lough Dearg (County Donegal), and which, according to the general belief, furnished to men a veritable entrance to the world beyond the grave. Various alleged descents into this cavern during the twelfth and following centuries gave rise to a considerable body of literature, in which nearly all the languages of modern Europe are represented. Some of these works, mainly through the instrumentality of the Church, acquired an extraordinary popularity, especially in England and France. Spreading thence to Spain and Italy, the legend furnished the subject of a drama to Calderon, and almost certainly formed part of that common circle of contemporary ideas from which Dante drew the imperishable conceptions of the *Divina Commedia*.

The first mention of the Purgatory legend in literature is made by the monk Jocelin of Furness, in his *Vita Sancti Patricii* (about 1183).[2] This writer

---

[1] *St. Patrick's Purgatory. An Essay on the Legends of Purgatory, Hell and Paradise current during the Middle Ages.* London, 1844.

[2] Jocelin's *Vita* was translated by L. E. Swift, *The Life and Acts of St. Patrick*, etc. Dublin 1809. The passage on the Purgatory occurs Chap. 172, p. 229.

1

attaches the legend not to the island in Lough Dearg,
but to a mountain in another locality. Certain
people, he says, having passed the night on this sum-
mit, and having been (as they reported) grievously
tormented, have believed themselves purged of their
sins and so saved from the gates of hell. Whence,
he adds, comes the name " Purgatory."

Substantially the same form of the legend, but
now connected with Lough Dearg, is that given by
Giraldus Cambrensis in his *Topographia Hibernica*
(1185–1187).[1] Giraldus adds some particulars and
explains that the torments are inflicted by malign
spirits, and that people say that penance thus under-
gone exempts the penitent from suffering for his sins
after death.

Neither Jocelin nor Giraldus had the idea that
the Purgatory was an entrance to the other world.
This noteworthy development of the legend appears
first in the now famous *Tractatus de Purgatorio Sancti
Patricii*, written in Latin by a monk, Henry (?)[2]
belonging to Saltrey, a Cistercian abbey in Hunting-
donshire. This work was probably written about
1188 (see below). It narrates the experiences of an
Irish "knight" (*miles*) named "Owein," who de-
scended into the cavern to do penance for his sins
and was led in turn through hell and the terrestrial
paradise, and was finally permitted to look upon the
glowing portals of the celestial paradise.

Henry's *Tractatus* laid the foundation of the fame

---

[1] *Opera Giraldi Cambrensis*, ed. Dimock. Vol. V., p. 82.
In Distinctio II., cap. v.

The MSS. have only the letter " H."

of the Purgatory throughout Western Europe, and
formed the basis of nearly all the numerous notices
and brief descriptions of the place and its wonders
which are frequent in mediæval writers. Moreover,
it attracted to Ireland other penitents, whose de-
scents were in turn written about and no doubt
believed in. Such was the descent of Raymond de
Perilhos (1397), described in provençal ;[1] that of
William Staunton (1409) written in English[2] ; and
that of Laurentius Ratold (1411) written in Latin.[3]
Two other important reworkings of the legend—cer-
tain chapters in the older versions of the Italian
romance, *Guerino il Meschino*[4] and the drama of
Calderon[5]—seem to derive from Henry's *Tractatus*
only, and not to be based upon any fresh pilgrimages
to the sacred place.

At this point, it may be interesting to inquire
what was the strong attraction which led the in-
telligent minds of this period to follow with such
eager interest the accounts of visits to the other
world ? It was, no doubt, the conception of human
life which the Church of Rome upheld and which went

---

[1] Cp. Stimming, in Gröber's *Grundriss der Romanischen
Philologie* II., p. 63.

[2] Cp. Ward's *Catalogue of Romances in the Department of
MSS. in the British Museum* II., p. 484 ff. Wright, *op.
cit.*, p. 140 ff.

[3] Ward II., p. 489 ff.

[4] Gaspary, *Letteratura Italiana* I., pp. 244 and 360. Cp.
also *Modern Language Notes* VII., col. 397.

[5] Printed in the *Biblioteca de Autores Españoles* VII.,
p. 149 ff. Madrid, 1849.

far to determine the intellectual and moral atmosphere of the time. Man's chief care in this world, it was taught, was to so act as to insure his safety in the next. To avoid *sin*, to atone for *sin*, to escape hell and attain paradise, these were the concerns which lay most constantly and heavily upon the general consciousness. Add to this the absence of faith in the fixedness of Nature's laws, resulting in a ready belief in miracles and wonders of all kinds, and one can in some degree feel the force of the ardent interest which seized with avidity upon works like the *Tractatus*, which were believed to be the narratives of those who had actually seen and tasted either the frightful sufferings which awaited the confirmed sinner, or the untold felicities which were prepared for the elect.

It is the *Tractatus* of Henry,—one of the most striking works in the large mediæval literature which deals with the state of the soul after death,—enlarged by several additions, that Marie de France rendered into Old French verse "that it might be intelligible to lay folk."[1] In doing this, she adopted the metre and many of the stereotyped conventions of the court poetry of her time, which in turn had taken its color from the troubadours.[2] The manuscript, of which a copy is published herewith, is the only one of Marie's poem now known to exist, although undoubtedly there have been others which are now lost. Marie, however, was not the only writer to translate

---

[1] *Espurgatoire*, l. 2290.

[2] Cp. ll. 16, 189, 1919 ff., 2119 ff.

Henry's *Tractatus* into old French verse. M. P. Meyer[1] has collected the scattered notices of six other versions in Old French, four of which are anonymous. M. Meyer has also printed extracts from two of these,—the translations of Geofroi de Paris and of Bérol ; of three others, Mr. Ward has given liberal extracts[2] ; of the sixth, the beginning and end have been printed, also by M. Meyer[3].

As might be expected, the Latin MSS. of the *Tractatus* which have been preserved do not present a uniform text. Dr. E. Mall gave[4] the results of his examination of the MSS. of the *Tractatus* owned by the British Museum, and of two others on the continent, and published three of these texts, viz. : (a) that of Bamberg (denoted by "A"), (b) that printed by Colgan[5] (denoted by "C"), (c) that of the British Museum, *Arundel* 292 (denoted by "K"). No one of the MSS. examined by him, according to Mall, presents a version which could

---

[1] *Notices et Extraits des MSS. de la Bibliothèque Nationale et autres Bibliothèques*, T. XXXIV., p. 239 ff.

[2] *Cat. of Romances* II., pp. 468, 471, 474.

[3] In *Romania* VI., p. 154.

[4] *Zur Geschichte der Legende vom Purgatorium des heil. Patricius, Romanische Forschungen* VI., p. 141 ff.

[5] In his *Trias Thaumaturga*, Louvain, 1647. Appendix VI., p. 273. This text, according to the *Catalogue of the MSS. of Cambridge* II., 328 and V., 594, was taken from a Cambridge MS. numbered F. f. 1. 27, fo. 568 (or 570). But Hardy, *Descriptive Catalogue of Materials relating to the History of Great Britain and Ireland* I., p. 72 ff., says Colgan's text is that of a MS. at Lincoln College Oxford, No. 28, fo. 75-98.

have been used by Marie in making her translation. It will be useful for us now to substantiate this conclusion of Mall's.

According to Ward,[1] the British Museum MSS. fall into two groups[2] : *a*) eight MSS. represented by *Royal* 13 B. viii. (I shall denote this MS. by " R ") and that printed by Colgan ("C"); *β*) three MSS. : *Arundel* 292, *Harley* 3846, and *Cotton, Tiberius* E. i. To class *β* also belong : (a) the Bamberg MS. ("A") ; (b) the abridgment in the *Chronica Majora* of Matthew Paris[3] ; (c) the original of the version made by Jean Belet.[4]

We have thus made accessible to us good representatives of class *β* in MSS. A and K, and of class *a* in MS. C. (That Ward is correct (p. 451) in classing A with K, and C with R, appears from a comparison of the passages which he quotes from R (pp. 446–449) with the corresponding passages in C. The two texts agree nearly word for word, while A and K show constant important variations in which they usually agree. Further: in Chap. XXI., KA employ (three times) the word *abbacia*, while CR just as consistently read *monasterium*).

Of which class, now, was the Latin MS. which lay before Marie? In the passage just referred to, Marie agrees with KA in all three cases ; she translates (ll. 1947, 1950, 1975) the word by *abbeïe*. In

---

[1] *Catalogue* II., p. 445.

[2] Not including two texts much abridged, viz., Egerton 1117 and Additional 33957.

[3] Ward, *Catalogue* II., p. 461.

[4] Ibid., p. 477.

general, barring cases where A has undergone re-
working, we shall find that Marie has regularly fol-
lowed the readings of KA as against those of C (=R).
This will be sufficiently shown by the following pas-
sages :

First case : Marie=K, as against C ; A is re-
worked. At l. 717 Marie has : *Qui a si bon pur-
posement Mis en tun quer*, . . corresponding
to K's (Cap. V., l. 33) : qui in corde tuo bonum
propositum misit, while C has : qui in corde tuo con-
firmavit propositum, and A shows reworking : qui
cordi tuo tantum et tam salubre inspiravit propositum.
Again, Marie (l. 884) has : *Ne volt un mot parler a
els*, corresponding to K's (Cap. VI., l. 72) : nec vel
unum verbum eis respondit, while C has : nihil peni-
tus respondens, and A : labiis suis indicit silencium
nec respondet. Again, Marie (l. 967) : *Il retint
bien en sun pensé Cum Deus l'aveit einz delivré*,
which reproduces K's (Cap. VII., l. 56 ff.) : Ille
vero mente retinens qualiter alibi ab eis deus liber-
avit, while C has omitted the passage ; A reads : Ac
ille misericordie dei non immemor.

Second case : Marie=KA, as against C. Marie
(l. 708) has : *Res e tundu novelement*, and A (Cap.
V., l. 27 ff.) : barbis nuper rasis, and K : et nuper
rasi. C has nothing corresponding. Again, Marie
(l. 1671) says : *Li ercevesque le menerent Un poi en
sus* . . corresponding to KA (Cap. XVI., l.
146 ff.) : Pontifices . . ab aliis seorsum subtra-
hentes, while C has nothing at all answering to this
clause. Again, Marie (l. 2017) : *Creiez mei qui
de mes oeilz vi*, for which K reads (Cap. XXII., l.

15) : crede saltem quod ab oculis meis vidi, and A :
credo [error for crede] saltem quod oculis meis vidi,
while C is much fuller : et oculis meis harum rerum
non valde dissimile multique mecum conspexere.

Third case : Marie=K, as against AC. Marie
(l. 970) has : *Einz les despist e sis haï*, as in K
(Cap. VII., l. 56 ff.) : Hos omnino contempsit. The
sentence is wanting in AC. Again : Marie (l. 1166) :
quant il deveit avaler, for which K (Cap. XI., l.
27 ff.) : in descenscione rote. . . Nothing cor-
responding in AC. Again, Marie (l. 1649) : *Chas-
cune aveit a grant plenté La celestïene clarté*, answer-
ing to K's (Cap. XVI., l. 126 ff.) : Erant singule
magnitudine lucis replete. In AC the sentence is
wanting.

It follows from the foregoing that Marie translated
a text which belonged to class β, and one which, as
Mall had already seen,[1] stood very near to MS. K.
MS. A, owing to thorough reworking which appears
chiefly in the descriptions of hell and the terrestrial
paradise, offers comparatively little aid in the estab-
lishment of Marie's text.

That neither A, nor yet K, can be the original
from which Marie drew is sufficiently shown by the
fact that K does not contain the lengthy prologue
(Marie ll. 17–188) nor the Chaplain's tale of the
Second Hermit (ll. 2117–2184).[2]

On the other hand, A omits the story of the Irish-

---

[1] op. cit., p. 142.

[2] At l. 2190, Marie has *quinze salmes* while in K the
number is *seven* (p. 196).

man (Marie ll. 215–264). Neither will *Harley* 3846, which, as we have seen, also belongs to class *β*,[1] answer the requirements, since the account of Florentianus and all subsequent matters are not found in it (Marie ll. 2071–2296).

We can conclude, therefore, that the MS. which Marie used (which, if it exists, has not yet been made accessible to us), stood very near to B. M. *Arundel* 292, but differed from it in that it contained the prologue, the first homily (Marie ll. 1401–1484) in a form somewhat longer than that in A but shorter than that in R, the episode of the two abbots, and the Chaplain's tale.

It so happens that the *Espurgatoire* of Marie contains most of the reliable evidence which we possess as to the time in which its author lived and wrote. Before this evidence was examined, it was believed that Marie's *floruit* should be placed in the reign of Henry II., (1154–1189)[2] but according to later investigations it is more probable that her active period should be taken as just beginning about the time of the death of this king, and as continuing even into the next century. In order to place some fresh evidence in its proper connection, it will be useful to summarize here the reasons which have led to this conclusion.

---

[1] Ward, *Catalogue* II., p. 464.
[2] So G. Paris, *Litt. Frçse au Moyen Age*,[2] p. 248, and Warnke, *Zeits. f. Rom. Phil.* IV., p. 226; *Lays*, Introd., p. XLIII.

These are best set forth in an essay by Dr. S.
Eckleben, which appeared in 1885.[1] The appear-
ance of this essay forestalled the publication of a
study on virtually the same subject by Dr. E. Mall,
but the results of the independent investigations of
both scholars are the same in all essential points.[2]

1. Jocelin of Furness, writing about 1183 at the
request of Thomas, Archbishop of Armagh, in men-
tioning the Purgatory[3] says nothing of Owein's des-
cent, although this was said to have taken place long
before, in Stephen's reign (1135–1154).[4]

2. Giraldus Cambrensis, who in 1185 accom-
panied Prince John ("Lackland") to Ireland, also
says nothing of the descent of Owein. Giraldus
being a churchman and a learned man for his day,
as well as an indefatigable and somewhat credulous
collector of miscellaneous information, it is very diffi-
cult to account for his silence if the *Tractatus* of
Henry was written at this date.[5]

Mr. Ward on this point is "inclined to surmise
that Giraldus had heard an inaccurate report of the
present [Henry's] work, but that its popularity was
not yet strong enough to impel him to name Sir
Owen." It has been noted above, however, that
Girald's account contains no idea of a visit in bodily

---

[1] *Die älteste Schilderung vom Fegefeuer des heil. Patricius.*
Halle, 1885.

[2] Cp. *Romanische Forschungen* VI., p. 140.

[3] See above p. 1.

[4] Eckleben, pp. 20–25, 45, and cp. Ward, II., p. 438.

[5] Eckleben, pp. 26, 46, and Ward, II., p. 440.

person to the other world, and his ideas of the Purgatory have all the air of having been gathered from oral sources only, during his stay in Ireland, and of representing the current talk at some distance from the locality itself. It has not been noted in this connection that in treating the folk-tales current in Ireland about St. Brandan, Giraldus, after repeating the tales about the marvellous voyage of the Saint which had reached him, refers the reader for further information to the book ("*libellum*") which had been written on the life of St. Brandan.[1] That he would at least have mentioned so remarkable a work as Henry's, had he then known of it, can hardly be doubted.

3. Bishop Florentinus O'Cherballan, who, according to all the evidence, is the person named as such in the *Tractatus* (and by Marie, 1. 2075) did not reach the dignity of a bishopric until 1185.[2]

4. Malachias (died 1148) who is twice mentioned in the *Tractatus*, (and by Marie, ll. 299, 2074), has always the title of "Saint," but he is not so named in the Life of him written by his friend, the great St. Bernard, nor was he formally canonized until 1189.[3] Mr. Ward[4] considers it beyond doubt that " popular opinion had pronounced him a saint long before 1190." Dr. Eckleben claims, on the other hand, that a learned monk such as Henry certainly was, would be very careful in the application of such a title.

---

[1] *Topog. Hibern.*, Distinctio II., cap. 43.

[2] Eckleben, p. 56 ; Ward, II., p. 443.

[3] Eckleben, pp. 54, 56.

[4] *Catalogue* II., p. 443.

It is easy, indeed, to account for the addition of
the title to Malachias' name, either as Mr. Ward has
done, or by supposing that the movement towards his
canonization had been begun long before and was a
matter of common knowledge among the Cistercians,
or finally, by ascribing the "Sanctus" to the writers
of the later MSS. (the original MS. not having come
down to us). It is not so easy to account for the state
of affairs in Marie's *Espurgatoire*. The first time
Malachias is named is in a passage which undoubt-
edly reproduces a part of the original *Tractatus*; the
second time is in a passage which probably was added
by another hand than Henry's, since it is preserved
only in certain of the MSS., and these, according to
Mall,[1] are not the oldest or best. The first passage
in Marie reads (l. 299) :

> Ço nus mustre Malachias
> En sa Vie, nel dutez pas.

and the second (l. 2074) :

> Neruz fu al tierz Seint Patriz
> Qui cumpainz ert Seint Malachiz.

If, now, in the first passage, "Sanctus Malachias"
stood in the Latin MS. which lay before Marie, it is
extremely difficult to see why she should have
omitted the title, especially as she is always careful
to add those of Gregory (ll. 32, 151, etc.), Augus-
tine (l. 143), and Patrick (cp. ll. 7, 190, 302, etc. In
all nine times ; in 481 its omission is therefore proba-
bly an error). It would have been easy to have
written *Ço nus dit*, etc. without material change in

---

[1] *Rom. Forsch.* VI., p. 142.

the sense. It is therefore extremely probable that at the first passage, Marie's original bore the name Malachias without the title and that it consequently was written before 1189. The addition of the title in the second passage, on the other hand, gives us less basis for a conclusion for the reasons given at the beginning of the preceding paragraph. It is further probable that as Marie uses a different spelling in the two passages, the identity of the names escaped her.

As far, then, as the evidence on this point can be trusted, it gives us a *terminus ad quem* for the composition of the *Tractatus* eight years earlier than that furnished by the Chronicle of Johannes Brompton (1197)[1] which mentions Henry's work, and narrows the period during which it could have been composed to the years between 1185 (composition of Giraldus' *Topographia*) and 1189 (canonization of Malachias).

Marie de France, as is well known, was the author of two other works, —a collection of *Lays*[2] and a larger collection of *Fables*, of which as yet we possess no critical text.[3] What indications are there as to

---

[1] Cp. Eckleben, pp. 28, 48.

[2] Ed. Warnke, *Die Lais der Marie de France, Bibliotheca Normannica* III. Mit vergleichenden Anmerkungen von R. Köhler. Halle, 1885.

[3] A critical edition by Dr. A. M. Elliott, Baltimore, was announced as in progress in 1891. See *Mod. Lang. Notes* VI., 7, col. 442.

the relative order of these compositions ? Mall says[1] :
"diese Schrift [the *Espurgatoire*] aus sprachlichen
wie sachlichen Gründen als das älteste der erhaltenen
Werke der Marie gelten muss," but unfortunately
he postponed the promised publication of the basis
for this conclusion.   It is necessary, therefore, to see
how far we may be able to supply the omission.

1. The *Espurgatoire* shows a grade of literary skill
distinctly inferior to that displayed in both the *Lays*
and the *Fables*.   To be convinced of the truth of
this assertion, we have but to glance at the frequent
employment in the former of stereotyped phrases
where the meaning gains nothing by their use. Such
are : *nel dutez pas* (ll. 300, 734) *ço li est vis* (ll. 1008,
1579, 1593, etc.) *c'en est la sume* (ll. 54, 703, 2132)
bien le sachiez (ll. 245, 1739) *sanz dutance* (l. 128).
The repetition of whole lines is not uncommon (line
1037 recurs at 1201 and 1599 ; also 983 at 1225),
and a certain poverty of vocabulary is observable in
the not infrequent use of the same word as the rime-
word of both lines of the couplet.[2] These character-
istics are almost unknown in the *Lays* and *Fables*.

2. Marie, in the Prologue to the *Lays*, distinctly
abandons the practice of translating tales from the
Latin.   She says (l. 28 ff.) :

> *Pur ceo començai a penser*
> *d'alkune bone estoire faire*
> *e de Latin en Romanz traire ;*
> *mais ne me fust guaires de pris :*
> *itant s'en sunt altre entremis.*

---

[1] *Zeitschrift f. Roman. Philologie* IX., p. 163.
[2] For examples, see Note to l. 1369.

That is to say, as little distinction was to be won in the field of translating Latin stories, Marie turns to a more difficult task :

Des lais pensai qu'oïz areie . etc.

If, as M. G. Paris thinks,[1] Marie wrote the *Lays* from hearing them related in her presence, to pass from the almost servile translation of the *Espurgatoire*, with its appendix of irrelevant tales, to such an enterprise as the composition of these *Lays*, is a distinct rise in grade of literary work.

3. While Marie dedicates the *Lays* to the king himself (Richard Cœur-de-Lion, according to Dr. Mall), and the *Fables* to William Longsword, an influential noble (Marie styles him " *le plus vaillant de cest reialme* ") in the *Espurgatoire* she has not yet attained to such a degree of confidence in her own powers as to venture upon making a dedication to such high personages.

4. It would be remarkable if any great differences appeared in the language of succeeding works of the same author, yet indications do not wholly fail that the *Espurgatoire* represents a slightly older type of speech than the *Lays* or *Fables :* a) certain fems. of Decl. II. show no *s* in the n. sg. *verité* r183[2] *gent* r1128. In the *Lays* the *s* appears in all words of this class.[3] b) *nïent* (occurs 11 times) is always two syllables ; the *Lays* occasionally permit its contrac-

---

[1] Cp. *Romania* XIV., p. 605.

[2] An *r* before a number indicates that the word discussed is assured by the rime at the line named.

Cp. Introd., p. XXXIV. 2.

tion to one syllable.[1] c) rimes such as *mercïer :
chier* (*Lays, Chaitivel*, 27) are wanting in the *Espurg*.[2]
d) final *-t* persists in the *Espurg*. in *deit* digitum r2047
and in *s'esvanit* r328, while to the *Lays* the consonant
has been lost in both cases. The usage as to elision
or retention of *e* from Lat. -at, furnishes no basis
for a conclusion.[3] Again, the frequent replacing of
the nominative by the accusative is no indication of
age, inasmuch as this replacing is observed in the
earliest Anglo-Norman texts ; it can only be viewed
as evidence of the Anglo-Norman coloring of the
language.[4]

What evidence there is, therefore, goes to confirm
Dr. Mall's conclusions : 1) that the *Espurgatoire* is
the earliest of the works of Marie which are known
to us ; 2) that as the Latin original of the *Espurga-
toire* is to be referred to a date not long previous to
1189, Marie's active period could not have begun
before the closing decade of the twelfth century.

---

[1] Cp. Introd., p. XXVI. 2.

[2] See below, IV., B. *s. v.* ie.

[3] Contrary to Warnke's assertion, in *Zeits. f. Rom. Phil.*
IV., p. 242 ; see below, IV., A. *Hiatus.*

[4] See below, IV. D.

II.—THE MANUSCRIPT

A SINGLE manuscript containing the *Espurgatoire* of Marie de France is now known to exist: Fds. frç. No. 25407 of the Bibliothèque Nationale at Paris (formerly marked Notre-Dame 277). It is written on vellum, with two columns to the page, and evidently dates from the end of the thirteenth or the early fourteenth century.

As is well known, the text of this MS. was published nearly seventy-five years ago by B. de Roquefort.[1] Roquefort aimed only at an intelligible text and even with this uncritical aim, failed to reproduce the original in many important particulars, often through errors in transcription or in solution of abbreviations, often through mistaken emendations or failure to recognize unusual words. His scanty prefatory notice is not free from serious errors.[2]

The MS. contains the following pieces :

1. fo. 1a–101d. The *Image du Monde* of Gautier de Metz. In a different hand from that of the rest of the MS.

2. fo. 102a–122d. The *Espurgatoire.*

3. fo. 122d–138d. The *Moralitez*, a translation of the *Moralium Dogma* of Gautier de Lille. Begins : *Talent me esteit pris ke jo recontasse.* Ends : *Bien ait qi co comanz fist qi le fist escrivre e qui lescrit.*

---

[1] *Poésies de Marie de France*, etc., 2 vols. Paris, 1820 and 1832.

[2] Cp. Eckleben, p. 37.

4. fo. 139a–156d. The *Romanz des Romanz*.
5. fo. 157a–160d. A *Credo*, *Paternoster* and seven *peticions* in prose.
6. fo. 160d–172d. *Prologus Regine Sibille*, printed from this MS. by P. Tarbé, in his *Collection des Poëtes de Champagne* XII., pp. 106 ff. Reims, 1851.
7. fo. 173c–196a. The *Secrez des Secrez*, in verse. Begins : *Primes saciez ke icest trectez Est le secre de secrez numez.* . . Ends : *Ke le regne pussum merir Ke done a suens a sun pleisir.*
8. fo. 197a–212d. The Distichs of Cato, Latin text with French translation after each paragraph. Printed from this MS. by Leroux de Lincy, *Livre des Proverbes français* (2nd. ed.) II., p. 439 ff., whence it is copied in Stengel's *Ausgaben und Abhandlungen* XLVII., p. 111. ff. Leroux de Lincy's text is not trustworthy.
9. fo. 213a–244d. The *Tornoiemenz Antecrit* of Huon de Méry, published by P. Tarbé, in his work just cited, and republished from this and six other MSS. by G. Wimmer, in *Ausg. und Abhand.* LXXVI., Marburg, 1888.

At the bottom of this last folio (244) are the words, in the hand of the MS., *Al nun de deu qui od nus seit* which is the first line of the *Espurgatoire*. The pages of the MS. have evidently been transposed and renumbered. There is a blank page at fo. 196cd, and the MS. may have formerly ended here ;

the Distichs of Cato and the *Torn. Antecrit* must then have immediately preceded the *Espurg*.

The MS. offers no means for the determination of its date within narrow limits. The *Torn. Antecrit* was written between 1234 and 1249 ; according to P. Meyer (*Romania* XV., p. 287) the *Secrez des Secrez* dates from the middle of the thirteenth century. The *Image du Monde* dates from 1245, but, as already noted, this piece, being in a different hand, may have originally formed part of another MS. From these indications, the MS. belongs to the second half of the thirteenth century (so Wimmer, op. cit., p. 2) or the beginning of the fourteenth.

Fortunately, we are able to control the writing habits of the scribe of the MS. by comparing with its original his copy of the *Tornoiemenz Antecrit*. Of this composition, Wimmer, in the work cited, collates seven MSS., which, according to his investigations, fall into two groups deriving from α and β respectively. MS. "A" (that is, Paris B. N., f. f. 1593—one of the best MSS.) and MS. "D" (the one containing the *Espurg.*) derive from α ; and five others from β. It is evident that where the reading of A is the same as that of O (that is, the original text as established by collation of all the MSS.) we can assume with entire safety that this reading was the reading of α from which A was copied. But D was also copied from α, and readings of D which differ from those common to A and O, are therefore due to the scribe of D, and the character of these variants will furnish some hints as to his habits of writing, his dialect, the extent of his knowledge, etc. When, for instance, at l. 1991 of the *Torn. Ant.*, OA (and hence *a*) read : *C'orent Cliges et Lancelot*, while D has *C'orent gigles et sauselot*, it is not too much to say that the scribe was ignorant of the familiar names of the Breton romances. In the same way, other characteristics of the scribe's work appear, among them the following : he was evidently a Churchman, as the theological character of the contents would first lead us to suspect. This is confirmed by the frequent church words or Latinisms which he has introduced into the text of the *Torn. Ant.* E. g. *heresie* for the *erege* of the other MSS. ; *angles* for *angres*; *puplican* for *popelican*, etc. The scribe is also careless of the requirements of metre ; he frequently changes the tense, and substitutes senseless words or expressions, his attention wandering to neighboring words. Niceties of thought and expression are often lost through carelessness. Examples abound on every side and need not be quoted. They indicate with tolerable certainty that little confidence is to be placed in the readings of MS. 25407 in matters of detail, and we are therefore able to proceed to the correction of errors with a certain confidence.

The abbreviations in the MS., though numerous, are none of them unusual, and with the aid of Prou's Manual,[1] present practically no difficulty in their solution.

---

[1] *Manuel de Paléographie*, Paris, 1890, p. 59 ff. For a few special cases see the Notes on the text.

III.—DIALECT OF MARIE DE FRANCE

THE determination of the dialect in which Marie de France wrote has been made to turn upon the question whether her language shows the development of ǫ (=Lat. free ō, ŭ) into the diphthong ǫu. The presence of this diphthong in Marie's speech,—a diphthong which, as is well known, is a specifically French, as distinguished from Franco-Norman and Anglo-Norman characteristic[1]—has been affirmed by Prof. H. Suchier in his recently published *Altfranzösische Grammatik*.[2] Upon the basis of this conclusion he has removed Marie from among the Franco-Norman writers with whom she had been classed previously,[3] and has placed her among the French writers.

Judged by the other tests of French as different from Franco-Norman, namely (1) the mixture of -*en*- and -*an*- ;[4] (2) the absorption of the Imperfect -*abat* by the -*ebat* terminations[5] ; (3) the change of *ei* to *oi*,[6]—Marie is distinctly a Franco-Norman

[1] Cp. Suchier, *Altfr. Gram.* I., §§ 12c. d., 19a ; Schwan, *Altfr. Gram.*,[2] §§ 98, 292.

[2] Halle, 1893. Theil I. *Die Schriftsprache*, pp. 2 and 29.

[3] Warnke concludes from an investigation of Marie's language in the *Zeitschrift f. Rom. Phil.* IV., p. 248 : "Marie hat Franco-Normannisch . . geschrieben," and his edition of the *Lays* of Marie is based on this conclusion.

[4] Cp. Warnke, *Zeits.* IV., p. 239 and *Lays*, Introd., p. xxviii. 3.

[5] Cp. Warnke, *Zeits.* IV., p. 232 and *Lays*, Introd., p. xxix. 6.

[6] Cp. Warnke, *Lays*, Introd., p. xxix. 6.

writer, since all these phenomena are unknown to her language.   It is thus apparent that Prof. Suchier's belief (so far as made public) rests solely upon the evidence in favor of the existence of the diphthong *ou* in her language.   For the discussion which follows, new material has been collected and the attempt has been made to examine this evidence more closely than has been done heretofore.

Marie in the *Lays* (*Lanval* 339) rimes *suls* (sōlus) with -*us* (-ōsus) and in the *Fables* (No. 82, 11) the same suffix -ōsus occurs in rime with the word answering to Latin lŭpus.   It is Prof. Suchier's view, if I have correctly understood it, that first in *suls* (phonetic *sous*) and secondly in *lous* lŭpus (and also in *dous* dŭōs) the diphthong *ou* is certain, and hence for the suffix -ōsus, -*ous* is assured, and the diphthong *ou* must be allowed for Marie.   That -ōsus in four cases rimes with the atonic pronoun *vus* (vōs), in which, for this period, the diphthongization would be unheard of, necessitates the conclusion[1] that Marie wrote now -*us* (=-*os*) now -*ous;* and, in other words, employed a double orthography according as the exigencies of rime impelled her.

It will be useful to have before us a complete list of the rimes in question.   They are :

a) in the *Lays:* -*us* (-ōsus) :*cus* (cŭcus) *Guig.* 215 :*vus Guig.* 343, 501 ; *Dous Amanz* 95   :*suls Guig.* 393 ; *Lanval* 339.

b) in the *Fables:* -*us* :*lus* (lŭpus) 2,5 82,7[2] 82,

[1] See the *Altfr. Gram.* I., p. 30.

[2] Roquefort's text is here to be transposed, as Warnke points out, *Zeits.* IV., p. 241.

11 :dous 5,7. Lus :dous 4,11 79,9 :suls 42,3 56,1.
Nus :dous 56,53.   Bus :rus 94,29 and 59.

c) in the *Espurgatoire*: -us :rus 1895.

Did the diphthong ou exist in Marie's word answering to Latin sōlus?   Fortunately, material does not wholly fail us for the answer to this question.

i. o+l+dental.   Marie, in the *Espurg.* (l. 1207) places *genuz* (*genŭculos) and *tuz* (*tŭttos) in rime. As the diphthong ou in *tuz* is, at this period, not to be thought of, we see from this rime that not only had the palatal quality of the *l* been lost at this time before the *s* (*z*) of flexion, but also that *l*, in Marie's time, was vocalized to *u* between *u* (=ọ) and a dental stop-sound, and then had united with the preceding *u* to form a single vowel.   That such a union is to the highest extent reasonable, appears from the character of the articulations of the two sounds. Meyer-Lübke says[1] : '' Pour l'émission de *l* [velar or '' barred '' *l*] la racine de la langue occupe la même position que pour l'émission de *u :* le premier phonème ne se distingue du second que par l'occlusion que forme la pointe de la langue . . '' It will be readily seen that in the word *genuz*, and in any similar phonetic group, the point of the tongue, after the articulation of *u*, has still to make a closure in order to articulate *z* (=*ts*) ; so that all the essential features of velar *l* are here present in the preceding vowel and the following consonant.   In such a position, it is obvious that the *l* could with difficulty persist, and in Marie's time it evidently had been ab-

---

[1] *Grammaire des Langues Romanes* I., § 476.

sorbed into the contiguous articulations and had entirely disappeared from pronunciation.

Virtually the same phonetic group is found in *suls* (sōlus), so that for this word we are justified in believing the pronunciation to have been *sụs*, and that in rimes of this word with -*us* (-ōsus) the rime was exact. That the word (to my knowledge) is never so written, may be explained by the desire to avoid confusion with *sus* (susum).

The comparative rarity of the occurrence of *ọl*+ consonant in the Old French vocabulary, will explain the scarcity of rimes of this sort in Marie and in other authors of the period ; but that the same contraction of *ọl*+dental into single *ọ* also holds good for Marie's contemporary, Benoît de Sainte-More, is placed beyond reasonable doubt by the following rimes from the *Roman de Troie*[1]: *sols* (sōlus) : *nos* 417, 3951 : *vos* 1437, 12863 :-*os* (-osus) 14101, 19171, 21023 *dolz* : *toz* 20719. And from the *Chronique des Ducs de Normandie* :- *temute* (tumŭltum) : *gute* 19704.

II. dŭōs. How did Marie pronounce the French word answering to Latin duos ? It rimes with -osus (*Fables* 5,7), and with *nus* (*Fables* 56,53). The latter rime points strongly toward a phonetic *dụs*. Böhmer[2] has arranged most of the material from the older monuments in regard to this word. His inquiry culminates in the sentence: " Die Verfasser der *o-u* Denkmäler sprachen gewiss *dụs*." It is my

---

[1] Ed. Joly, 1870.

[2] *Romanische Studien* III., p. 603.

belief that we have in this word a literary orthography *dous* by the side of a pronunciation *dus—dos* belonging to the folk-speech. If this view be correct, it would be strange if the orthography *dus—dos* failed to appear in texts which show folk-speech influences. *Dos*, in effect, appears in rime with *vos*, in Chrestien de Troyes' *Erec and Enide*.[1] This poem is distinguished from the other works of Chrestien by its free admission of popular and dialectic elements.[2] Elsewhere the orthography *dus, dos* is not rare. Knösel[3] has collected a considerable number of examples from which I quote the MS. of the *Roman de Troie*, edited by Joly. (ll. 9764 and 26780).[4]

These facts support the conception of a Folk-Latin *dos*, which appears in the *Passion* as *dos* (71 b c) parallel with *sǔōs—sos* (1 c, 11 d) and *tǔōs—tos* (14 b, 16 a), and which, in the West, exhibits the same development as the suffix -*ōsus*. This was evidently the view of Schwan,[5] who wrote *dos* as the Folk-Latin etymon.

A phonetic *dos* is likewise to be ascribed to Benoît. Cp. *Roman de Troie :- dos :vos* 12729, 18247 :*resplen-*

---

[1] l. 3438. Ed. Förster. Cp. Note p. 320.

[2] Cp. Introd., p. xi.

[3] *Ueber Altfrz. Zahlwörter*, Gött. Diss., 1883, pp. 10 and 30.

[4] The other texts quoted by Knösel are : the *Roman de Joufroi*, *Floire et Blanchefleur* (ed. Du Méril), *Ogier le Danois* (ed. Barrois), *Parise la Duchesse*, and Villehardouin, *Conquête de Constantinople*.

[5] *Altfr. Gram.*,[2] § 386.

dors 14581 :*rescos* 6395 :-*os* (-osus) 5529, 6089, etc. (13 times).

Whence, then, the orthography (*dous*) of most of the older monuments? Böhmer suggests that *dous* was written to avoid confusion with *dus* (dux), *dos* (dorsum), and *deus* (Deus). As more motives than one may lie behind such a phenomenon, it is to be noted that this numeral seems peculiarly susceptible to Latinization.[1] The *Vie de St. Léger* shows *duos* (20c and 2b) and *duaes* (106a). According to Gröber[2], the Old Italian *duo*, *dua*, *duoi* are Latinisms. There is then some ground to believe that the Old French forms *uns*, *dous*, *treis* may have been modelled closely upon the Latin *unus*, *duo(s)*, *tres*.

III. lŭpus. This word rimes in Marie as follows : with -osus, *Fables* 2,5 82,7 82,11 :duos 4,11 79,9 :solus 42,3 56,1.

Here I must have recourse to the readings of the MSS. of Marie's works, inasmuch as the phonetic history of the word has not yet been made entirely clear. First, however, should be remarked the appearance of *los* in rime with *nos* in Chrestien's *Eric and Enide*, l. 4412 :*ros Yvain* 301, and in Benoit's *Roman de Troie* in rime with -osus ll. 9105, 21077.[3]

---

[1] This tendency reappears later in the forms of other numerals. Cp. *cinq*, *six*, *sept*, *vingt*, etc.

[2] *Archiv für Latein. Lexicog.* II., p. 107.

[3] The very frequent appearance, in the *Roman de Troie*, of -osus in rime 1) with atonic *o*, and 2) with *o* in Latin checked position (where *ou* had certainly not yet appeared) make it permissible to use these rimes in evi-

For *lus* we have the readings of the *Harley* and York MSS. of the *Fables* (the Cambridge MS. has *lous*) in all cases the word appears; so also in *Cotton Vespasian B. xiv.* to *Fables* 2,5 and 56,1. *Lus*, again, is the reading of the London *Brandan* l. 1282, of the *Roland* l. 1751 (ed. Müller). I look upon *lus*, therefore, as the regular western form, corresponding to the eastern *lous—leus*.

IV. cŭcus, *bŭcus, (jŭgum). As stated above, cŭcus[1] occurs in rime with -ōsus (MS. *cous*) in the *Lays*, Guig. 216 ; *bŭcus (modern French *bouc*[2]) in rime with *vus*, *Fables* 94,29 and 59. The rarity of the appearance of these words presents an obstacle to the determination of their Norman forms ; but that the true Franco-Norman development demands (in the n.sg.) *cus*, *bus* is shown by the (in all respects

---

dence. The *Roman de Troie* shows 12 cases of -osus in rime with *nos*; 22 cases in rime with *vos*. Also -os :ros 5449. :rescos 8511, 8767, 15641, 21481, 23463, 26190. :tros 8833.

The orthography of the MS. edited by Joly is remarkably rich in variations. For -osus occur : -os, -ous, -ox, -ols, -eus, -eos. -eus (-osus) : -eus (illos) 12273, 28569, if genuine readings, are doubtless an importation from the East.

[1] I am aware that the derivation of O. Fr. *cous* from cucus (=cugus Du Cange) has as yet not been demonstrated, though affirmed by Ménage, Littré, and others. It is doubted by G. Paris (*Romania* XIV., p. 602 ff.) and by Tobler (*Zeits. f. R. P.* X., p. 164). I expect to publish before long a study of these Latin substantives in -cus (-gus) in French, which, I trust, will put this etymology beyond dispute.

[2] Cp. Mackel, *Die Germanischen Elemente*, etc., p. 21.

parallel) development of jŭgum, which appears as
jus, ju in the Four Books of the Kings (*juh* in the
Montébourg Psalter.)[1]

To resume briefly, sufficient evidence has been
brought forward to show that the Franco-Norman
(and Anglo-Norman) forms of the words treated are
phonetic *sus* (written *suls*), phonetic *dus* (written
dous) *lus, cus, bus, jus*, which correspond to the east-
ern forms *sous—seus, dous—deus*, etc., and which, be-
cause they have the same vowel quality as u (=Latin
free ō, ŭ) are freely placed by Marie in rime with
the same.

From this it follows that neither Marie nor Benoît
(in the *Roman de Troie*) know the diphthong *ou* from
free Latin ō, ŭ, nor in their words answering to Latin
dŭōs, lŭpus, cŭcus, *bŭcus, jŭgum. The dialect in
which Marie de France wrote, therefore, was not
French, but Franco-Norman.

---

[1] Cp. Suchier, *Altfr. Gram.* I., p. 14.

IV.

LANGUAGE OF THE *ESPURGATOIRE*

MARIE's language has undergone some careful investigation at the hands of Dr. Warnke in his article "Ueber die Zeit der Marie de France,"[1] as well as in the Introduction to his edition of the *Lays*. In the first mentioned work only has use been made of material from the *Espurgatoire*, and a number of questions as to specific traits of the language which Marie employed, have remained unsettled. With a few exceptions, only material which is either omitted or incompletely treated by the editor of the *Lays* will be brought forward in the following pages.

A. HIATUS, CONTRACTION, ELISION.

Hiatus. In thirteen cases the MS. shows hiatus with final atonic *e*. In four of these (472, 1242, 1272, 1410) obvious corrections are to be made which relieve the hiatus. In l. 434 the copyist has avoided hiatus by adding an *s* in *costumes* (n. sg.). For Marie, however, the word is a feminine of Decl. I. (cp. 472,566). The consonant groups preceding the *e* in hiatus are : 1) mute+liquid (*receivre* 226 *oevre* 518 *vivre* 1430 *estre* 1725 *prestre* 2296) ; 2) single consonants (*hume* 238,2069 *custume* 434 *parface* 720).

In only one case does the *Espurg.* permit hiatus of *e* from Latin -at in the Indic. and Sbj. pres. 3, viz.,

---

[1] In *Zeits. f. Rom. Phil.* IV., p. 223 ff. Dr. Warnke, unfortunately, was compelled to use the Roquefort edition of the *Espurg.*, which, as we have seen, is quite untrustworthy. More than once it led him into basing conclusions upon false readings. E.g. ll. 1104 (p. 246), 1054 (p. 247), 1991 (p. 237) and 472.

720 : *Parface il par sa bunté.* In all other cases the
e is lost : 614, 1445, 1816, 1859, 1860, 1894, 2281.
Warnke, in his discussion of this subject,[1] appar-
ently overlooked this line, and with consequently de-
fective material drew the conclusion that the (sup-
posed) consistent elision of *e* (-at) in the *Espurg.* in-
dicates a date of composition later than that of the
Lays, where such hiatus is allowed 19 times. In view
of the line just quoted, and of the scarcity of exam-
ples of both kinds in the *Espurg.*, it is manifestly
not permissible to draw such a conclusion.

Contraction. As in the *Lays*,[2] the metre gives
us a sure indication that Marie's language did not
permit the contraction to a diphthong or single vowel
of two vowels originally in Latin hiatus or separated
by a consonant. Cp. : -*iün* -ionem   *preciüs* 1495
pecheür 762   *armeüre* 804   *diënt* 173   *graïl* 1096
bruïr 898   *poür* 547   *roünde* 305   *beneëiçun* 785
aage 260   *reü* 73   *peüst* 1602   *beneëiz* 1679 etc.
The MS., however, shows the contraction fre-
quently : *juner* 578   *espenir* 531, 613, etc.   *rancun*
728   *purseir* 298   *beneit* 1567   *pust* 528   *dust* 104
benesquirent 1652.[3]
It is convenient to add here what is to be said of
the use of *or*, *ore* and *cum*, *cume*, etc.   The MS.
shows *ore* before consonant initial five times. In two
of these (1312, 1965) it represents two syllables. In
the other three cases (655, 1667, 1841) it counts as
one syllable, and following the more carefully writ-
ten MSS. of the *Lays*,[4] I have substituted *or*.
As *uncor* stands before consonant initial 2181, the
same form has been written 61,291, where the metre

[1] *Zeits. f. Rom. Phil.* IV., p. 242.

[2] See Introd., p. xxvi.

[3] Burguy, *Gram. de la Langue d'Oïl* I., p. 322, reproduces
Roquefort's false reading of this line.

[4] Cp. Introd., p. xxvi.

demands only two syllables (MS. *uncore*). On the contrary, the *e* is necessary to the metre in *eucore* 1369.

Cum and *cume* both occur frequently before consonant initial. In eight cases (638, 1047, 1233, 1577, 1620, 1630, 1706, 2224) *e* is necessary to the metre ; in twenty cases *e* has no worth (4, 126, 327, etc.). Two cases remain doubtful : 421, 566.—*el* for *ele* 2235.

Elision. As to elision before vocalic initials in *ne* (nec), *que, si se* (si), the *Espurg.* stands upon the same ground as the *Lays*[1], elision being optional : *ne* 1418 ; *n'* 22, 816, 1110, etc.—*que* 100, 282, 458, 912, etc. ; *qu'* 284, 289, 307, etc.—*si* 238, 240, 1835; *s'* 959, 1138, 1847, etc.

Jo. As in the *Lays*, the elision of *jo* also is optional ; the *Espurg.*, however, shows only one case (2287) where the word retains its syllabic value. For elision, cp. 15, 26, 185, etc. Interesting is 2063; *E puis parlai j'a dous abbez.* G. Paris[2] has quoted another case of this elision ; cp. also : *apelent l'hume* for *li hume l'apelent* in the *Computus* of Philippe de Thaün[3], and two similar cases in the *Lays*, where elision is not permitted.[4]

Ço. Elision of this pronoun is optional. Cp. *ço est* 242, 1805, 2144   *ço iert* 1788   *ço oï* (pret. 3) 2001 ; but *c'est* 108, 807, 1690, etc. *c'ert* 248   *c'en* 53, 703, 2132   *c'esteit* 2082. More unusual are : *en c'esteient* 484   *pur c'eslirai* 535   *de ç'aveie* 2171 and *ç'aveient* 483.

si (sic) shows elision before *il* 2040 (unless we have here the enclitic use of neuter *le* as in 13,

[1] Cp. Introd., p. xxvii.
[2] *De L'Accent Latin*, p. 121.
[3] l. 251. Cp. Mall, Introd., p. 32.
[4] Cp. Introd., p. xxvii. 3.

782, 1912). Otherwise *si* appears before vocalic initial : 746, 1043, 1167, 1134, etc.

en (inde) loses its vowel after *qui :* 296, 1114.

quei before vocalic initial shows elision in 1180 : *Purqu'il tarjout li demanderent.* Likewise 790: *Par qu'a Deu puisse l'alme rendre;* the transposition *Par quei puisse a Deu*, etc., is, however, easy. Cp. 1. 614.[1]

li n. sg. of the article, shows optional elision : *li abes* 1941   *li altre* 2124   *li airs* 1391   *li evesques* 541, 549, 2117, 2123   *li us* 354   *li uns* 713, 2067, 2204.   But *l'evesques* 440, 515, 525, 559.   *li escriz* 421 remains doubtful.

li (n. pl. of the article) is never elided :- 845, 972, 1083, 1203, 1791, etc.—*li* (dat. sg. of the pers. pron.) may lose its vowel: *l'en* 2080.   Apparently in *l'oït* 526:[2]

For supposed elision of *qui*, see Pronouns.

For the enclitic use of *le* and *les* 1) as article with *a*, *de*, and *en*, and 2) as pronoun with *ne*, *qui*, *si* and *jo*, the *Espurg.* shows no important difference from the usage of the *Lays*.[3] *ne se* remains uncontracted 90, 880, 1359, 1416, as is the custom in the *Lays*,[4] and in the *Computus*.[5]

B. Vowels.

a.   The nasals -*an*- and -*en*- are not rimed.   Of words which, on account of mixing of suffix, vary between -*ant* and -*ent*, the *Espurg.* offers : *aparissanz* r82   *ardanz* r1008   *covenant* r2282   *mananz* r2125

---

[1] Warnke, *Lays*, Introd., p. xxvii., in discussing an exactly similar case, has evidently missed the two examples just given, and his expression "derartige Erscheinungen sich bei Marie sonst nicht finden" is therefore to be modified.

[2] Cp. *Lays*, Introd., p. xxvii.; *Zeits.* IV. pp. 238, 239.

[3] Cp. Introd., p. xxviii.

[4] *Ibid.*

[5] e. g. ll. 83, 271.

inobediëns r1695 *oriënt* r342 *servant* r845 *talent* r2136 *penitence* r352.—*essample* occurs with *a* only.

ę. -ěria : the regular development appears in *matire* (:*dire* 1492). *miseire* miseria 1710 is learned. Since -*cals* -*ěllus* is assured by rime for Marie,[1] I have restored this reading consistently : 1673, 1891, 2124.

ę short. Appears regularly in *clere* 470 -*esce* -ïtia 350, 1655, etc. *messe* 1443 *nez* nitidus 319 *cherels* r1078 *cels* r470 etc.

The *Espurg.* shows no cases of mixing in rime of short ę with long ẹ or with ę. In *estenęęles* (:*noręles* 1269) the suffix -ělla has replaced the proper Latin ending (scintĭlla).[2]

Short ę and ẹ before nasals, however, form for Marie, as for other authors of the period, an exception to this rule, both being represented by nasal ẽ : Cp. *venz* ventum :*enz* ĭntus 1049 *surent* :*gent* 1998, 2115 *turmenz* :*dedenz* 1071 *purpens* :*tens* 2203.

ẹ long. The suffix -*al* -*alis* is frequent, by the side of the phonetically regular -*el* : *bestial* 203 *enfernal* r358 *leial* 1981 ; but *corporel* r126 *espiritel* 165 *celestiel* r1812 *mortel* r1358.

remist remansit 329, 787, etc., and *remistrent* 604 appear for *remest remestrent*.[3] An Anglo-Norman trait is *ie* for *e* in *piere* patres 16,401 and in *siet* sapit 545. —For -*ier* for *iẹr*, see under *ie*.

ǫ. appears for *ǫ* as usual in the learned words *gloire* (:*memoire* 772) *victoire* (:*gloire* 1568) *Espurgatoire* (:*gloire* 1641).

---

[1] Cp. *Lays*, Introd., p. xxxi.

[2] Cp. *Lays*, *Lancel.* 118 ; Cohn, *Suffixwandlung* p. 49 ; Suchier, *Altfr. Gram.* I., p. 19.

[3] Cp. Suchier, *Altfrz. Gram.* I., p. 23.

o. Before oral consonants, the MS. presents the greatest inconsistency in the representation of *ọ* (Lat. ō, ŭ , in tonic, as well as in atonic, position. Words frequently occur here with *o*, there with *u*, and again with *ou* (the last is comparatively rare). This mixture of forms especially characterizes the latter half of the text (from about l. 1087 on). In the first half, *o* is of quite rare occurrence for tonic *ọ ;* in the second half, the proportion of *o* to *u* is nearly one-half.

If we seek the explanation of these facts, we are at once led to ascribe the writing *o* (and *ou*) to a French copyist who has substituted (inconsistently) his native forms for those of his copy. The verbal endings *-ons*, *-ont*, for instance, become the rule in the second half of the text, and here also occur the French Impf. endings *-oit*, *-oient*, as well as the writing *ou*.

As further evidence of a general substitution of *o* for *u*, may be adduced a number of words in which *o* has been made to replace a *u* which is not *u* (=*ọ*) but *ü* (Lat. ū):- *corioseté* 1429 *plosurs* 1647 *chascon* 1198, 1743, 1813 *chascone* 1197, and, *vice versa, u* is written where only *o* can stand in *puür* pavorem 1273.[1]

1. *u* appears for *ọ* (Lat. ō, ŭ) in tonic free and checked position, as well before oral and nasal con-

---

[1] It may be a question here whether the forms like *chascon* may have been introduced by Anglo-Norman copyists to whom *ü* (Lat. ū) has the same value as *u* (=Lat. ō, ŭ) Cp. Suchier, *Altfrz. Gram.* I., p. 12.c. *Chescon*, for example, is a frequent reading of the Lincoln MS. of the *Computus:* 1098, 1104, 2912, etc. Such a question does not admit of certain decision ; yet, in view of the fact that all these forms occur in that part of the MS. where *o* for *u* is most frequent, and that the opposite confusion occurs (*puür* for *poür*), it seems more probable that we are dealing with a simple oversight of the copyist. Inconsistent substitution is no doubt likewise responsible for rimes like *sume : prodome* 53, and cp. 1279, 1717.

sonants : -*us* -*ōsus* -*un* -*ōnem* -*ur*- ōrem *plur* r1036
hure 1831 *aillurs* 143 *curt* cūrtum r932 *munt*
mūndum r825 *munde* (adj.) 2302 etc.

2. *u* for pretonic *o* has survived the general sup-
pression of *u* in the MS. with sufficient frequency for
us to believe that it represents Marie's usage : *aürer*
adōrare 2200 *buterent* 891 *nurice* 2223 *duter* 20
reduta 649 *dutance* 128 *custus* 129 *custume* 434,
472, 566 *returner* 1289 *furmage* 2158 *mustrer* 7,
73, 123, 164, 210, etc. *mustrance* 173 *mustier* 668
plurer 1016, 1859 *sermunant* 32 *parfundesce* 2048
purveü 2211 *purpos* 719 etc. On the contrary, *o* only
in *soleil* 926, 931, 1522, 1577, 1821 and in *solune* 59,
68, etc. (*selune* 1726, 1778). Following the ten-
dency to write *o* before and after *r*, *u* is of rare oc-
currence : *corint* 924 *corent* 1603 *neroz* 2073 *roiz*
408, etc. *coreitent* 93 *estoveit* 1392 *sorent* 205, etc.
descovrir 30 ; but *grerus* 130 *esturra* 726 *aruns*
rus, etc. On the basis of these latter readings, I
have not hesitated in reading *u* in all these cases (ex-
cept *roiz*).

3. *u* further appears for Latin ŏ before nasals, in
both tonic amd pretonic position : *munt* mōntem r1224
munter 1780 *cunta* 224 *cunte* 91 *um* homo r505
sun sōnum (:*maisun* 835) *dun* dōnum r296 *hung*
867 *respunt* r1245 *punt* pontem 79 *escunsé* 146
cuntenir 725 *huntus* (Germanic *au*) 1874. The MS.
shows only *bon, bone* (but *bunté* 720).

4. More uncertain are those cases where in Nor-
man texts *u* appears in pretonic position before oral
consonants for Latin ŏ. Of these, the *Espurg.* shows
a few examples : *demurer* 316, 577. (Cp. 497, 846 ;
demuerent 142) *turment, turmenter* 57, 74, 115, etc.
surt (:*curt* cūrtum 931) *exŏrtit ? *esprurer* 436.
On the contrary, only *o* is found in *morir* 419,
1995, 1975 *obliër* 606, 780 *obli* 2056 *soleit*
2217 *trover* 141, 310, 2071, etc. *devorouent* 998
norele 674 *orvaigne* 623 *orrer* 59, 622, etc.

It is to be noted that in the last five cases, besides the tendency of the copyist to replace *u* by *o*, the custom of allowing only *o* to stand before and after *v* may have influenced the forms.   This of course lends an additional uncertainty, and, such being the case, they have remained as found in the MS.

ou in *clou* clavum *out* habuit (36 times ; *ot* 1304) -*out*, -*ouent* -abat, -abant (but -*oënt* 1018) *sout* sapuit *pout* potuit (*pot* 1174, 2041) (*porent* 603, 1645) (*orent* 11 times).

It is noteworthy that the MS., with one exception, shows -*out* by the side of *orent* (not *ourent*) and *porent* (not *pourent*).   The same state of affairs is met with in the *Lays*, and, while it may well be a question whether in *ot, pot,* -*oënt* we may not have traces of an older speech stratum nearly obliterated by later copyists, no study of these forms has as yet been made which might furnish us secure basis for differentiation.

au occurs : 1) in the learned word *autor* 1401, and 2) in words with *a* + vocalized *l*.   (See below under Consonants.)

iu in *riulez* regulatos   *liu* locum   *ciu* caecum   *Juiu* Judaei.   The last word appears only as *ieu* (:*liu* 1916) for which I have written *Juiu*, since both the *Lays* and the *Espurg.* have only *liu*.   The form substituted, according to Suchier,[1] is known in French as well as Anglo-Norman texts.[2]

ui in *puiz* puteum *enui nuit nuisir puisse* etc.   *us* (not *uis*) 354, 591.   To the A.-N. copyist(s) are to be ascribed : *juit* for *ju* 1261   *fuissent* (9 times) for

---

[1] Cp. *Altfr. Gram.* I., p. 55.
[2] The London *Brandan* has the word in rime with *pius*. See *Roman. Studien* I., p. 581, l. 1285.

fussent (*fusent* 282) and, *vice versa*, *puz* for *puiz* 1741. *nuli* for *nului* 815.

ei in *poi* paucum, as in the *Lays* (not *pou*) *bloies* 1620.

ai in checked position has the sound of *ę* (Lat. *ĕ* checked) *maistre :prestre* 2255 *apres :malvais* 633 *mes* (10 times) ; *mais* (5 times) *lessier* 453 *fet* facit 1401 *plest* 13 *trestrent* 930.

ei for *ai* is especially frequent and is no doubt due to Anglo-Norman[1] copyist(s) : *eir* aerem 1391 *eit* habeat *meis* magis *neist* nascit *pateis* 687, 695 *vereiment* 1608 *treiz* 85 *treistrent* 1175 *meistre* 2106 *peist* pascit *peisable* 1662 etc.

e for *ai* in free position is likewise to be ascribed to A.-N. copyist(s) : *egle* 1410 *atreve* 1319 *fere* 1320 *queres* 705, 821 *flerur* 1508 *feseit* 284.[2]

Before nasals, *ai* and *ei* have for Marie the same value : cp. *certeins :meins* minus 111 *plein :mein* manum 287, 1211 *esteint :remeint* remanet 906.[3]

en for *ein*, *ain* in *enz* 63, 1141, 1883 and probably in *enceis* 1937.[4]

ei regularly in *rei* regem *aveir* habere *creire* *veir* verum *neir* nigrum, etc.

---

[1] Cp. Suchier, *Altfrz. Gram.* I., p. 49.

[2] *Ibid.*, p. 39.

[3] Cp. Warnke, *Lays*, Introd., p. xxix. 5, and *Zeits. f. R. P.* IV., p. 240.

[4] The MSS. indicate that Marie used the form *ainceis* which obviously owes its form to the analogy of *ainz* antea; cp. *ainceis* 2210 and *Fables* 63, 85 ; *Lays*, *Lanval* 543 and *Eliduc* r534.

e for *ei*, an A.-N. trait, in *crere* 864   *veer* 941
mover 548   *aver* 75,870   *arder* 898   *surer* 93[1]
cremer 76, 99   *dretturer* 117   *leal* 1847, 1981.

i for *ei* in *ortilz* 1227.   (Also in *espenir* 531, 613,
etc., where *ei* is two syllables).

oi for *ei: rois* 1567   *estoit* 1329, 1497   *estoient*
1202 and, *vice versa*, *ei* for *oi* in *creiz* cruces 1532.

ie.   1) from Lat. ĕ, ae regularly in *grief mielz
vieil siecle piece tierz* etc.   2) from Lat. *a*, by
Bartsch's law, in *pechier* (:-ier -ĕrus for -arius[2] 118)
plungier (:-erus 1219)   *repairier* (:-erus 1841) etc.

Of words which in other texts hesitate between *ie*
and *e*, we have *aprismier* (:*chevalier* 1275) *pilier* 689
pitié 813, 1052 (*pité* 669).

There are no cases of mixing *ie* and *e* in rime,
though each sound rimes with itself very often.

Marie's language had already come under the in-
fluence which caused the development of long *ę*
(=Lat. tonic *a*) into *ie* immediately after an *i*.   Cp.
preïere :chiere 23   *:ariere* 492 *acomuñiez :pechiez*
313 *:segniez* 468   *esmaïez :pechiez* 522   *lier :clou-
fichier* 1063   *ehastier :mustier* 1469   *eelestiel :ciel*
1811   *otrïer : chevalier* 2015.

The *Espurg.* offers no case of this *ï*[3] in words where
t(d) has fallen ; all the examples show the single *e:
obliëz :apelez* 779   *:hastez* 1297   *erïerent :menerent*
919.

The Anglo-Norman reduction of *ie* to *e* is very

---

[1] *sarer* 942, 1022 does not indicate any phonetic change ;
the word in both cases has been reformed on the rime-word
reer ; so *maneeir :reeir* 1700 and *eisseuz :reuz* 982.

Cp. Marchot's satisfactory solution of the problem of
this suffix in *Zeits. f. R. P.*, XVII., p. 288 ff.

[3] I denote this sound (phonetic *-iier, -iiez*, etc.) by *ï*. See
Suchier, *Altfrz. Gram.* I., pp. 23 and 45, 3, and see above,
p. 16.

frequent in the MS.: *arere* 318 *bref̌ment* 529 *chere-
ler* 787 *ert* erit 60, 372, etc. *feble* 391 (*fieblexce*
397) *gref* 161 *pecu* 9 *renent* 259 *relz* 233 *terz*
1034 *pere* petrum 1497 ; and further : *apresmer*
1857 *chere* 1498 *culché* 985 *congé* 2120 *pecher*
118 *repairer* 1841 *saché* 1069 *segnez* 468 etc.

niënt (9 times) is always two syllables ; *neënt* 432,
530, and *leez* lactus 1896 show *ee* for *ie*.

ie for Lat. long *ẹ* in *fieblexce* 397.

ue in *iluec* 60, 1121, etc. *alué* 1992 *demuerent*
142 *quer* cor *puet pueple estuet. oe* in *nepuroec*
111 and *uerre* 148, 846, etc.

o for *ue, oe* is common, an Anglo-Norman charac-
teristic : *nepuroc* 1605 *estot* 725, 1139 *flore* 1251,
1342 *jorne* 2049 *ovre* 112 *pot* 1596, 2209 *poent*
154, 1320 *rolt* 1861 *rolent* 118, 212 *vols* 2253.
To these words I add *roe* (MS. *roue, rove*) for *ruee*
rōta 1123, 1125, etc., *oil* for *oeil* 701, 1085, etc., *roil*
for *roeil* 3, 47, etc., *acoille* for *acueille* 14. (See
Notes to ll. 1123, 1822.)

C. Consonants.

1. QU, GU. As to *qui*, *ki* and *que*, *ke*, the MS.
shows peculiarities which are not easy to explain : 1)
qui is written 150 times (65 of which are initial to
the line) and *ki* only ten times (4 initial). 2) *ke*, on
the contrary, far outnumbers *que :* 251 cases of *ke*
(62 initial) to 87 of *que* (63 initial). This is in di-
rect opposition to the usage in the Lincoln MS. of the
Computus, and, so far as it goes, agrees but ill with
the conclusion of Mall (followed by Warnke) that
the *u*, at this period, was already silent in *qui* but
not in *que*, *qua-*.[1] Inasmuch as it is the tendency for
changes in orthography to lag behind phonetic

[1] *Computus*, Introd., p. 93 ; *Lays*, Introd., p. xxxix. 3,
and liii. 35.

changes, it seems to me that we are more likely to re-
produce Marie's orthography by writing *qui* and *que*,
while still leaving open the question of pronuncia-
tion.

The MS. shows a further peculiarity in that *que*
belongs almost exclusively to the second half of the
poem. The proportion of *ke* to *que* in ll. 1–1052 is
as 50 to 1 ; in ll. 1070 to end, it is as 1 to 5. As
noted above, it is the second half of the text which
shows the continual substitution of *o* for *u* and *que*,
therefore, may likewise be due to the last copyist.

qu- stands also for Latin *c* in *quer* cör (8 times ;
cor 1004) *quisse* coxa 1207 *quidier* (7 times ; but
cuidout 1601) *qui* cui (4 times).

In *qua-, gua-* the *u* is mostly kept : *quant quart*
but always *kar ; guarder* (9 times) but *garder* 145,
291, etc. *guarniz* 798 but *garniz* 330, 1644.

2. ʟ. Vocalization of *l* has taken place in *genuz*
(*:luz* 1207) and hence by inference in *duz* *dulcus
1508, 1559 *suls* 818, 1306 *mult* 31, 191, etc. The
MS. often preserves *l* after *u* when it stands at the
end of a pretonic syllable : *sulphre* 1081 *dulçur*
767, 1300, 1592 *culchié* 985 *ultre* 1699, and
here it should not be repressed. So after *u : salvez*
1782 *salmes* 2190 *palmes* 1533, 1632 *malvais* 634,
748, 2278, and in inflected words like *mals, metals,
beals*, etc., where the flexionless accus. sg. and n. pl.
have apparently protected the *l* from vocalization.
No warrant, however, exists in this MS. to suppose
that *l* was not vocalized in *faus, saut, chaut, haut, faut,*
etc., which offer a phonetic parallel to *genuz, duz*, etc.
Otherwise the MS. uniformly preserves the *l : rolt,
tolt els, cels cunseilz, soleilz tels, quels, pels ruelt,
ocilz, vielz, mielz*, etc.

l is crowded out between *i* (ī) and the *s* (*z*) of
flexion : cp. *numbriz :piz* 1206 and hence, by in-
ference, in *gentilz* 1590 and *perilz* 1351, 1394. In
view of the close similarity of the articulations, it is

more probable that *nus* (nullus) 1354, 1358 is the phonetically correct form, and not *nuls* 349, 1043, etc.

3. N has disappeared in *jur* (*seignur* 332 *:luur* 1577) and hence, by inference, in other words of the same class : *enfer* 133 *yrer* 932 (*yrern* 686) and *char* carnem 1709, 2013.

Final *n* and final *m* have the same value : *nun* nomen *:prozdum* 505, by the side of *num :raisun* 189 *mentun :trocum* 1087.[1]

4. s. That *s* before *t* was still pronounced is indicated (negatively) by the entire absence of rimes such as *set: remest* or *dist :rit*, etc., and (positively) by the rimes *Christ :dist* 247 *:mist* 382 *:aprist* 807 *:fremist* 879 *:icist* 420.

The MS. shows traces of the tendency of *s* to become silent before 1) *m, n :- blama* 517, 2201 *almones* 1444 (but *almosne* 1464) *meimes* 1769, 2071 (but *meismes* 2039) *demesure* 308, 1361 (*des-* 2046); 2) before *f: defermeient* 474 (*des-* 591) *efreie* 671, but *esforecrunt* 896. Whether *s* originally stood in *hidus* 837, 886, etc., is uncertain.

s and *z* final are not mixed in rime. *s* for *z* in *ecs* 1407, 1729, etc. *nos* 596, etc. *suspris* 1893 *prosdom* 9.

5. T. The orthographies *fud, ad* (*fut* 1695 and *-at* in the Future 3 and Pret. 3 of Conjg. I.) are common in the MS., yet the rime shows that the *t(d)* was no longer pronounced : *fu :Jhesu* 1032, 1168 *la :grera* 2090. The final *t* of the perfects in *-it* for the most part is lost : cp. *oï :issi* 2001 *fini :obli* 2055 *departi :demi* 1984 *senti :merei* 899 *rendi :di* 380, etc., but the older form appears in *s'esvanit :dit* 328.

To those words in which for Marie final *t* persisted in pronunciation (*escrit, dit, tut, respit, rit, freit*, etc.) the *Espurg.* adds *deit* digitum (*:atendreit* 2047). The

---

[1] Cp. *Lays*, Introd., p. xxxi.

Lays, on the contrary, have *dei* only (*:sei* se *Eliduc*
409 *:mei Eliduc* 429).

6. CONSONANTS+s. While the A.-N. writings
(*chaitifs rifs, blancs, becs*, etc.) are frequent in the
MS., the rimes show that such stop-sounds had been
lost before the *s* :- *gas :pas* 442 *amis :païs* 464 *cue-
mis :pris* 801 *vis* vivus *:empris* 1060 *chaitis :païs*
1706. To these are to be added *numbriz* (*:piz* 1206)
periz, etc., and probably *nus* nullus (see above
under *l*).

7. In a few cases, the *ts* sound before *u* is denoted
by the insertion of an *e* : *receut* 220, 256, but *recut* is
more common : 568, 583, 1826 *decut* 814 *recur-
ent* 1558.

8. w appears in *ewe* aqua 79, 418, etc. *waste* 915
(translating vastam in Latin CK ; cp. *gastez* 303)
wandiches (?) 690.

9. As to the palatal *g*-sound before *a*, *o*, *u*, it is note-
worthy that the MS. nowhere writes *j(i)* before *a*
(except where it is etymological : *ja* jam) :- *alegast*
1474 *charga* 255 *changa* 1932 *mangast* 2180 *ser-
ganz* 1981, 2202. The two letters were no doubt
interchangeable in certain positions: cp. *plungier*
1219, but *plunjouent* 1258 *tarjout* 1180 *jetez* 2220
getez 1692 ; *gesant* 990 but *jut, jurent* 2025, 1039.
Following Mall[1] and Warnke,[2] I have written *j* be-
fore *a* as well as *o* and *u*, although it is possible that
some writers may not have made the distinction, any
more than for *lieur* (*c*=*k*) by the side of *duleur*
(*c*=*ts*) as in this text.

D. SUBSTANTIVES.

1. The fems. of Decl. II. mostly show *s* in the
n. sg. Cp. *ardurs :jurs* 1335 *colurs :luurs* (acc.
pl.) 1625 *diverselez :trovez* 987 *mansiuns :servuns*

Computus, Introd., p. 94.
[2] *s*, Introd., p. xlix. 24.

1279, but the older declension appears in *verité*
(*:mustré*) 183 *gent* r1128. It cannot, therefore, be
determined with certainty whether *poür* 547   *mort*
109 *chartre* 135 had received the *s* of flexion ; the
last word occurs already in the inflected form in the
Reimpredigt 104*f.*

2. Masculines of the II. Decl. have no *s* in the n.
or voc. sg. Cp. *maistre* r2255, 2154, etc. *frere* 411,
1868 *nostre* 1812 *altre* 2128. *livre* is therefore to
be read for *livres* 4,806. *A bes* has kept its *s*: 1935,
1941. The infinitive *estre* used substantively shows
an *s :- estres :terrestres* 1689. Cp. also 1633, 1973,
2065.—Masculines of the III. Decl. show no *s* in
the n. sg. : *ber :mustrer* 191 *:entrer* 1524 *prestre
:estre* (verb) 2210 *sire :dire* 615.

The *Espurg.* offers only one certain case of the
employ of a substantive in the accusative for the
nominative, viz. 1412 *Tels sunt . . les mals
(:enfernals)*. Such cases are frequent in the *Compulus,*
e. g. 478 *Furent truvet li nuns*, the article retaining
its nom. form.[1]

E. ADJECTIVES.

Adjectives of two endings show no analogical
feminines in *e*. *griere* 536, on account of the metre
is to be replaced by *grevuse ;* for the same reason,
ardante 1123 and *cruelement* 1083, 1215 cannot
stand. *fole* 201 *dulce* 24 and *communement* 1607,
as is well known, make no exception to this rule,
since the Folk-Latin had already transferred them
to the class of adjectives of three terminations.[2]

tels, quels appear for both genders. The MS. has
tele 823,2155, but the metre shows the reading false,
and hence *tele* should be replaced by *itels* 1539
where the metre gives no indication. *quele* 830 is
likewise to be suppressed. Cp. 1422, 1799, 1926.

---

[1] Cp. Mall, Introd., p. 98.

[2] Cp. Schwan,[2] § 364. Anm. 2.

reraiment[1] 181, 944, 1720 is also corrected by the metre. *verciment* 1608 stands for *reirement*.

F. Pronouns.

Jo, eo are the readings of the MS. in all cases except *Joe* 2297. The latter orthography appears to be common in A.-N. MSS.: e. g., in the Old French version of Henry's *Tractatus* in Brit. Mus. *Cotton Domitian* A. iv.,[2] and *coc* in MS. C. of the *Computus* 89, 104 (which has also *eo* 415 and *ceo* 1650, 1681).

Atonic *li* (dative sg. masc. and fem.) is mostly replaced in the MS. by the tonic *lui;* but the original form is preserved at times, e. g. 302, 1937. *Vice versa, li* for *lui* 218.

The reflexive pronoun *se, sei* may stand before or after the verb: Cp. *esmerveilla sei* 702, 1880, by the side of *s'esmerveilla* 693, 698.

For the other pronouns, *cil, cist*, etc. the forms in the *Espurg.* are the same as those in the *Lays*.[3]

In four cases (1183, 1338, 1546, 2008) it seems necessary to admit either that the nom. *qui* is subject to elision before vowels, or that *que* has replaced *qui* in the nom. of the relative pronoun. The latter alternative is preferred by Tobler[4] and by Mall.[5] This peculiarity of usage is unknown to the *Lays*.[6]

The neuter *que* appears in the nom. 78, 610, 1660, 1865, 2236.

G. Verbs.

In the verbal forms, the *Espurg.* shows close agreement with the language of the *Lays*, and there

---

[1] For the loss of *e*, Cp. Suchier, *St. Auban*, p. 34. 10.

[2] See extracts in Ward, *Catalogue* II., 468 ff.

[3] Cp. Introd. p. xxxviii. F.

[4] Cp. his *Vermischte Beiträge*, p. 103, Note.

[5] Cp. Introd. to the *Computus*, p. 34.

[6] Cp. Introd., p. xxxix F. 3.

is consequently little to remark under this head except in way of addition to Warnke's treatment of the subject.[1]

1. **Personal endings.** The first person pl. termination is -*um* -*uns*. Cp. *mentum* :*trovum* 1087 *uun* :*savum* 781 *espurgaciun* :*avum* 1726 *processiun* :*recevum* 1745 *gumjanuns* :*trovuns* 1533.

The 2d pers. pl. is -*ez* (or -*iez*) not -*eiz* -ētis. Cp. *devez* :*assez* 630 *avez* :*beneürez* 412 *menez* :*sentez* (-etis for -ītis) 777 *entrez* :*irrez* 1846 etc.

2. **Infinitive.** Noteworthy are the double forms *deceivre* 2113 and *deceveir* r1527.

3. **Indic. Present.** Verbs of the I. Conjg. show no in the first person sg. :- *desir* :*venir* 17 *pri* :*merci* 252 *afi* :*respundi* 612.

Pres. 4 of *dire* is *diüns* 1469 (not *dimes* or *disuns*).

Double forms appear in the Pres. 3 of *aller* :- *va* 676 and *vait* (:*fait*) 2286.

4. **Subj. Present.** There is as yet no *e* in the 3d pers. sg. of Conjg. I. :- *eimt* 815 *receimt* 816 *guart* 721 *enveit* r2.

5. **Imperfect.** The few cases where -*oit*, -*oient* appear in the Impf. (1202, 1213, 1214, 1271, 1329, 1497) are to be ascribed to the last copyist. Cp. *Torn. Ant.*[2] 1648 *portoit douer* for the *por tot douer* of his copy (=OA) and *estoit* 1575 for *est* OA. A single case of the -*ot*, -*oent* flexion appears in *flae-loent* 1018, and -*out*, -*ouent* are the usual forms (1305, 1306, 1802 ; 1155, 1257, etc). The -*ot*, -*oent* forms are frequent in the *Lays* and in the MSS. of the *Fables*, and the question confronts us : is the one flexion Franco-Norman and the other Anglo-Nor-

---

[1] Ibid., p. xxxix ff.

[2] See above p. 19 ff.

man? (since for this MS. and the *Harley* MS. of
the *Lays* and *Fables* it can only be a question be-
tween these two varieties of literary speech). Warnke
has cut the knot easily enough by regarding them as
phonetically equivalent (Cp. *s'esforçouent :portoïnt,
Dous Amanz* 51) and the possibility of a double or-
thography is, of course, to be considered. The spo-
radic appearance of the -*ot* forms in this MS., having
all the air of older forms which have survived the
substitutions of later copyists, and the fact that -*out,
-ouent* are assured for several Anglo-Norman MSS.
by the writing -*owe*,[1] provoke the suspicion that
in Marie's time there may have been a difference in
the use of these forms on the part of English and
Continental writers.

6. **Future.** The MS., as a rule, preserves the
popular forms,[2] except that *rr* has been reduced to
r :- *enterai* 538, 612 *enterez* 622 (*entrez*, 3 syllables,
620) *entereient* 488 *musterunt* 735 *musteruns* 1142,
1324 *sufferunt* 40 *sufferez* 958. *Mener* in the fut.
mostly shows assimilation : *merruns* 963, 1323, 740,
865 ; *remenruns* 1371 and *menra* 1898 are doubtless
later formations. Double forms in *larras* 728 *lerruns*
732.

7. **Subj. Imperfect.** Noteworthy are the double
forms *peüst* 1602, 2134 *peüssent* 897 and *poïs* 1681
poïst (:*mansist* 1835) *poïssent* 1385.—*aidissiuns* 1456
finds a parallel in *trovissiez Lays, Equitan* 196.[3]

8. **Participles.** First may be noted the double
forms *beneëiz* 1679, etc., and *beneëscuz* 468.[4]

---

[1] Cp. Suchier, *Altfrz. Gram.* I., p. 31.

[2] Cp. Suchier, *Reimpredigt*, p. xxx. 49.

[3] Cp. Suchier in Gröber's *Grundriss* I., p. 611.

[4] This participle is not quoted by Schwan, *Altfr. Gram.*:
§ 530.

a) To discuss the agreement of predicate participles, it will be found convenient to look first into the usage of the *Espurg.* in regard to the agreement of participles with preceding and subsequent accusatives, since in several cases it is a choice between the non-observance of one or the other rule. For example in 451, *Quant esteient a lui renuz, E il les arreit recëüz,* shall we consider that the acc. has replaced the nom. in predicate participles (*venuz*) or that participles fail to agree with a preceding accusative (*recëü*)?

1) *Preceding Accus.* The *Lays* show no cases of non-agreement, and the *Espurg.* has 15 cases of agreement (8 assured by rime) to three of non-agreement (184, 1200, 1686). In all of these exceptions, however, there is a general or neuter sense in the accusatives, and since other examples fail (152 the sense warrants *liere* for *livres*) we may say that except when the preceding accusative was one of general or neuter signification, the *Espurg.* observes the rule of agreement (including *fait* r108).

2) *Following Accus.* With a following accusative, the participle may or may not agree, as in the *Lays.* For agreement, cp. 935, 1185 (hence *oïz* 254 is justified). For non-agreement, cp. 822, 907, 1669, 2139.

b) We have just seen that there is good reason to admit non-agreement of predicate ptcps. in l. 451 (the same case 1310.) How far does the *Espurg.* permit this non-agreement? With the pred. adj. or ptcp. in the nom. sg., there are no failures to agree: cp. r522, r528, r648, etc. When the subject contains a general (neuter) idea, the usual exception to this rule appears :- 59 *solunc ço qu'eles unt orré, Lur ert iluec guereduné ;* so 543, 1661, and cp. 676.[1]

---

[1] Cp. *Lays,* Introd., p. xxxvii. 2, and *Computus,* Introd., p. 104.

With the pred. adj. or ptcp. in the n. pl., a continual hesitation between the inflected and uninflected forms is observed.   1) *Adjectives*.   The forms without *s* stand 848 *sunt enclin* :*fin*   932 *li jur sunt curt* :*surt*.   So 1368.   The inflected form appears: 111 *nus sumes certeins: meins* (minus)   122 *serrunt sals* :*mals*   1011 *erent ententis* :*chaitis* (acc. pl.)   2) *Present Ptcps*.   The nom. stands r990, r2004 and less certainly r1149, r1234.   The acc. appears: r363, r1073, r2000.   3) *Perfect Ptcps*.   Forms without *s* are observed : 353 *esteient absolu* :*fu*   636 *sunt venu* :*convii*   764 *furent aturné* :*iniquité* (acc. sg.). So 706, 841, 845, 947, 990, 1033, etc., etc.   Forms with *s* are also plenty : 451 *esteient venuz* :*receüz*   1042 *sunt fichiez* :*piez* (acc. pl.)   1096 *erent rostiz* :*bruïz* (acc. pl.)   So 154, 428, 444, 946, 1210, 1309, 1603, 1740, 2094.   In the *Lays*, of the cases where the accus. appears in the place of the nom., four are supported by two of the MSS., but Warnke, by ingenious emendation, suppresses the accus. in all four cases, although he is disposed to believe that Marie sometimes used the accus. in ptcps. of reflexive verbs.

9.   **Gerundive**.   The *Espurg*. shows the ordinary construction with *aler* :- *ala aprismant* :*grant* 937. So 1145, 1378, 1519.   More unusual is 795 : *bonement en Deu esperant, Atent li quel vendrunt avant*. Garner has quoted similar examples of this usage.[1]

From the foregoing, we may describe the language of the *Espurg*. as substantially the same as that of the *Lays*, differing, however, from the latter as follows: 1) in several particulars attributable to an earlier date of composition (see above p. 15. 4.) ; 2)

---

[1] In *Modern Language Notes* III., col. 188 ff.

in allowing greater liberty in the matter of elision
(*ço* and *jo*) ; 3) in the substitution of the accusative
for the nominative in substantives (one case), in the
relative pronoun, and in predicate adjectives and
participles. The last of these characteristics imparts
a distinct Anglo-Norman coloring to the language.

H. Additional Anglo-Norman Traits in the MS.

1. *fra* 555   *freit* 465   *frons* 1340 for *fera*, etc.
apella (2 syllables) 894 *mandreit* 448, 463   *querdun*
2216   *revelaciuns* (4 syllables) 167.   *heremites* 2142
is probably learned ; cp. *hermite* 2097, 2130 sup-
ported by the metre.

2. *avera* 2248   *averunt* 39, 207   *avereit* 452, for
arra, etc. So *overé* 622 *overaigne* 623, 694. This *e*,
as is well known, is introduced to indicate that the
foregoing *u* is the consonant (v), and is found also in
French MSS.[2]

3. *in* for *ign* as the designation of the palatal *n* ;
esparniez 952, 954   *moine* 221, 1951, 1991   *cha-
noine* 399.

In *baigns* 1219   *compaigns* 2074   *bosoigns* 1982,
the MS. seems to indicate the palatal *n* before the *s*
of flexion. Elsewhere we have *loinz* (6 times) *bainz*
1184. The latter forms indicate that, as in palatal
l,[3] the mouillation at this period had disappeared
in the inflected forms, and I would see in the forms

---

[1] Cp. Suchier, *St. Auban*, p. 33, 9.

ibid., p. 41.   *Lays*, Introd., p. xliv. 2.

[3] Cp. Schwan[2] §§ 262, 1 ; 320, 4. Also Matzke, *Publica-
tons of the Modern Language Ass'n.* V., no. 2, p. 102.

4

first quoted the A.-N. tendency to remake the nom.
on the accus. (*chaitifs*, *blancs*, etc.)

4.   *en* (in) loses its syllablic value after *e* (et):
461, 1160, 1342, 1624, 1909.[1]

---

[1] Cp. Suchier, *St. Auban*, p. 31, 6.

L'ESPURGATOIRE SEINT PATRIZ

OF

MARIE DE FRANCE

The figures at the left of the text indicate the folio and column of the MS.

An asterisk (*) in the text refers the reader to the variants at the foot of the page.

Brackets ([ ]) in the text indicate that the word or words enclosed do not occur in the MS., but are obviously to be supplied.

For the Latin MSS. "A," " C" and " K," which are quoted in the variants, see above, p. 5 ff.

Al nun de Deu, qui od nus seit,
  e qui sa grace nus enveit,
    voeil en Romanz mettre en escrit,
Si cum li livre les nus dit,
En remembrance e en memoire,   5
Les peines de l'espurgatoire ;
Qu'a Seint Patriz volt Deus mustrer
Le liu u l'um i deit entrer.
Uns prozdum m'a pieça requise ;
Pur ço m'en sui ore entremise   10
De mettre mei en cel labur,
Pur reverence e pur s'onur.
E s'il li plest e il le voeille
Qu'en ses bienfaiz tuz jurs m'acoeille,
Dirai ço que j'en ai oï, —   15
Bel pere, ore entendez ici.

Ja seit iço que jo desir
De faire a grant profit venir
Plusurs genz e les amender,
E servir Deu plus e duter,   20
Ja de ço ne m'entremesisse,
N'en estudie me mesisse,
Si ne fust pur vostre priere,
Qui en mun quer est dulce e chiere.
Poi en ai oï e veü ;   25

Pur ço que j'en ai entendu
Ai jo vers Deu greignur amur
De Deu servir, mun creatur ;
102b Pur quei jo voldrai a ovrir
Ceste escripture e descuvrir.   30

Mulz essamples nus met avant
seinz Gregoires en sermunant
des espiriz qui sunt es cors,
E des altres qui sunt defors,
E des choses qui sunt nuisables   35
Horribles e espoëntables,
Pur espoënter les corages
Des pecheürs e des nun sages
Des tristesces que il avrunt
E [que] les almes sufferrunt ;   40
E pur mettre en compuncciun,
E en greignur devociun,
Cels qui voelent a Deu plaisir
E le suen regne deservir.
Pur ço plus ententivement,   45
Pur amender la simple gent,
Voeil desclore ceste escripture
E mettre i, pur Deu, peine e cure.

Seignurs, a l'eissue del cors,
quant les almes s'en issent fors,   50
li bon angele i sunt en present ;

26 Par ke.—29 Par uodrai.—30 descourir.—32 seint gregoire.—33 espirez.—34 autres.—35 musables.—36 espuntables.—37 espunter.—38 pecheur.—39 kil auerunt.—40 sufferunt.—43 C'est uolent pleisir.—47 Uoil.—48 mettri.—50 se.—51 angle.

Li mal [i] vienent ensement.
Li bon angele, c'en est la sume,
Receivent l'alme del produme,
En joie e en repos la mettent ;   55
E li diable s'entremettent
102c De males almes turmenter
E en peril od els mener.
Solunc ço qu'eles unt ovré
Lur iert iluec guereduné.   60
Uncor nus dit apertement
Que plusurs almes veirement,
Einz que des cors puissent partir
Veient que lur est a venir :
Plusurs par revelaciun,   65
E d'altres par avisiun,
U par *lur dreite consciënce,
Solunc ço que il unt licence.
Plusurs des almes veirement
Veient, devant lur finement,   70
Avisiuns e sunt ravies ;
Puis repairent as cors en vies,
E mustrent ço que unt veü
U de turment u de salu:
Ço que li bon deivent aveir   75
E que li mal deivent cremeir.
Il veient espiritelment
Ço que semble corporelment ;

---

53 angle—54 prodome.—59 Solum keles.—60 ert ilueke.
guerdone.—61 Unkore.—62 Ke.—63 Enz ke.—64 ke.—
66 Dautres e.—67 Ou iure. Latin A : ex responsione
consciencie interioris.—68 Solum ke.—70 deuan.—72 re-
peirent.—73 kunt.—74 Ou ou.—75 ke auer.—76 ke cre-
mer.—77 ueien.—78 ke.

Il veient ewe e punz levez,
Feu e maisuns e bois e prez   80
E humes de divers semblanz,
U neirs u blans aparissanz.
Altres choses veient plusur :
Semblanz a joie u a dolur.

102d   Puis lur est avis que trait sunt   85
Par mains, par piez la u peine unt ;
Puis sunt pendu e flaëlé
E en ord liu apres jetté.
Altres mals suefrent veirement
Qui ne se descordent niënt   90
Al cunte que cunter voluns
E que nus cumencé avuns.

P lusur cuveitent a saveir
      des almes, ci nus dit pur veir,
      cument eles issent des cors   95
E u vunt quant eles sunt hors.
Pur ço que nus certeinement
Ne savuns nul aveiement,
Devum plus cremeir e duter
Que enquerre ne demander.   100
Qui serreit si fols ne desvez,
Hors de sun sen e afolez,
Qu'il alast la u ne seüst

---

81 homes.—82 Ou ou.—83 Autres plusurs.—84 dolurs.
Latin AC : vel ad gaudium amari, vel ad tormentum ti-
meri.—85 ke treiz.—87 penduz flaelez.—88 iettez.—89
Autres suffrent.—90 descorde.—91 ke.—92 ke comencee.
—93 Plusurs coueitent sauer.—95 Coment eissent.—96
ou uont.—97 ke.—98 sauons.—99 Deuom cremer doter.
—100 Ke.—103 Qui ou fust.

Quels mals avenir li deüst ?
De l'alme est il tut altresi :   105
Nus ne savuns niënt ici.
Puis que ele est hors del cors traite
C'est solunc l'oevre qu'ele a faite ;
Mais male mort, ne dutum mie,
Ne vient pas apres bone vie.   110
Nepuroec nus sumes certeins
Que solunc l'oevre unt plus u meins
103a Des peines de l'espurgatoire ;
Mes icil qui atendent gloire
Poeent a cez turmenz venir,   115
E travail e peines suffrir.
Icil qui sunt ci dreiturier,
E qui meins i voelent pechier
Pur aveir parmanable vie,
La passerunt, ne dutuns mie,   120
Pur estre espurgiez de lur mals ;
Puis s'en istrunt, si serrunt sals.

I ci vus musterruns des peines
qui de tute dolur sunt pleines ;
apareilliées sunt e tels   125
Cum fussent en lius corporels.
Tels est de Deu la purveance,
Li greignur turment, sanz dutance,

---

104 dust.—105 autresi.—106 sauons.—107 kele.—108
loure kele ad.—109 Meis mal.—111 Nepuroeke.—112 Ke
loure.—113 espurgatorie.—114 cil attendent glorie.—115
pouent ces.—117 ici dretturer.—118 uolent pechier.—119
auer parmenable.—120 dotuns.—121 espurgez.—123 mus-
truns.—124 Ke.—125 aparillees.—126 Cume fuissent.—128
Les greignurs turmenz.

Sunt plus parfunt e plus custus ;
E li altre sunt meins grevus,   130
Pur ço [qu'il] atendent merci
E n'ierent pas del tut peri.

Altresi est d'enfer li lius :
Desuz terre, parfunz e cius ;
Si cum chartres est tenebruse,   135
A cels qui n'issent perilluse.
En terre a il un parewis,
Vers orïent u Deus l'a mis,
U les almes sunt amenées
Quant de peine sunt delivrées.   140

103b   Ici trovum en nostre escrit
Qu'iluec demuerent a delit.
Aillurs nus dit Seinz Aüstins,
Qui prozdum fu e bons devins,
Que plusurs almes sunt guardées   145
Par divers lius e escunsées
U en repos u en dolur,
Solune lur oevre e lur labur ;
Issi serrunt desqu'a l'asise,
*Quant Deus vendra al grant juïse.   150

Seinz Gregoires dit altresi,
En *sun livre qu'avuns oï,

---

129 parfunz.—130 autres meins *is corrected from* plus.
—132 nerent.—133 Autresi.—135 cume chartre.—136 neis-
sent.—137 al.—138 ou deu lad.—142 Ke iluek.—143 seint.
—144 prodome fud bon.—145 Ke gardees.—147 Ou ou.
—149 deska.—150 Ke uendrat a.—151 Greg⁷ autresi.—
152 ses liures kauons.

Des nun corporels espiriz,
Que pocent estre ars e bruïz
El siecle, del feu corporel.   155
Aillurs trovuns nus altre tel :
Que les almes qui sunt eslites
A Deu e par lur bien parfites,
Vunt el turment de purgatoire ;
Apres cel mal irrunt en gloire.   160
Les unes sunt en grief turment,
Plus que les altres veirement.
Icist turment sunt escunsé,
A la gent ne sunt pas mustré,
Pur ço qu'il sunt espiritel,   165
E que li hume sunt mortel.
Purquant par revelaciuns
Veient, e par avisiuns,
103c   Plusurs des almes meinz granz signes,
Solunc iço qu'eles sunt dignes.   .   170
Quant eles sunt des cors ravies,
Par Deu revienent a lur vies,
E dïent bien—pur la mustrance
De cele espiritel substance
Qui semblable est a corporel—   175
Ço qu'il veient espiritel.
E si nus dit qu'hume mortel
Unt ço veü e corporel :
Si cume en forme e en semblance

---

154 Qui poent.—156 trouons autre.—157 Ke que.—159
Uont purgatorie.—160 glorie.—161 gref.—162 ke autres.
163 esconse.—165 kil.—166 ki home.—167 Nepurquant.—
170 keles.—172 reuenent.—173 par.—174 E de.—175 Ke.
176 kil.—177 ke home.

D'hume [la] corporel substance.   180
Qui crerreit ço veraiement
Si n'en eüst demustrement—
Ceste chose estre verité
Que nus avum ici mustré ?
Si j'ai bien eü en memoire   185
Ço que j'ai oï en l'estoire,
Jo vus dirrai veraiement
En ordre le cumencement.

Seignurs, entendez la raisun :
   uns seinz hum fu, Patriz out nun ; 190
   mult fu religius e ber ;
Pur la parole Deu mustrer,
Ala en predicaciun
En Yrlande od devociun.
Il fu li secunz qui la mist   195
La lei Deu e tenir la fist.
103d   Deus fist pur lui vertuz e signes,
E miracles, kar il ert dignes.
Mult s'entremist devotement
De mettre en cels entendement   200
Qui erent de fole creance ;
Que jetté fussent hors raance.
Lur bestials cors nun estables
Voleit faire a Deu cuvenables ;
Mult les espoënta suvent   205

180 De home sustance.—181 ucreiment.—184 Ke auoms.
—186 ke io.—187 uerraiment.—188 commencement.—
190 Un seint hom.—191 fud.—193 Alad.—195 fud.—200
ceus.—202 Ke fuissent de rance.—204 couenables.—205
lespoentat sovent.

Par l'enfernal encumbrement,
E des peines que cil avrunt
Qui en Jhesu Crist ne crerrunt ;
E mult suvent [il] les retta
Des granz joies qu'il lur mustra   210
U tuit cil deivent parvenir
Quil voelent amer e servir.
De ço les fist il entendanz
Pur ço que il fussent creanz.

Quant el païs aveit esté   215
    Seinz Patriz, e de Deu mustré,
    encuntre la Pasche est venuz
Uns hum a lui, vielz e chanuz ;
En cunfessiun li conut
Qu'unques le cors Deu ne reçut.   220
Pur ço que moignes ert e prestre
Li volt regehir tut sun estre ;
Cunfes se fist, ne cela mie,
Einz li cunta tute sa vie,
104a Pur ço qu'il volt procheinement   225
Receivrë e plus dignement,
Le cors nostre seignur Jhesu
Qu'il n'aveit unques receü.
Pur ço qu'il ne saveit cumprendre
Sun language, ne rien entendre,   230
Il fist un latimier venir,

207 ke ci auerunt.—209 souent reitat.—210 kil mustrat.
—211 Ou tuz.—212 Kil uolent.—214 Par kil fuissent.—
217 encontre.—218 home li neuz.—220 Ke unkes recent.
—221 ke moines.—222 Lui tut regehir.—223 Confes celat.
—224 lui cuntat.—225 kil.—228 Kil unkes.—229 kil comp.
231 latimer.

Pur lui mustrer e a ovrir
Ço que li vielz hum li diseit,
E dunt il se regeïseit.
Tute dist sa cunfessiun,   235
N'i parla rien d'occisiun ;
N'ert pas pechiez, ço li ert vis,
Se il aveit humë occis.

Seinz Patriz li a mult enquis
se il en aveit nul occis ;   240
    il respundi : "Cink en ai morz,
Quel que ço est u dreiz u torz,
E mulz navrez, mes ne sai mie
Se il turneient puis a vie.
Ne quidai pas, bien le sachiez,   245
Que ço fust dampnables pechiez."
Li Seinz Deu li mustra e dist
Que c'ert encuntre Jhesu Crist,
E que mult en aveit perdu
Sun creatur e offendu.   250
Li vielz hum li cria merci :
"Sire," dist il, "pur Deu vus pri,
104b Ma penitence me chargiez,
Ore avez oïz mes pechiez."
Il li charja mult bonement ;   255
*Il la reçut devotement.
En cel païs est il en us

---

233 ke uelz home.—236 parlad de oc.—237 pechie lui.
—238 Si home.—239 lui ad.—242 ke ou ou.—244 Sil tur-
nercient.—245 sachez.—246 Ke pechez.—247 lui.—248 Ke
co ert encontre.—249 ke.—251 ueuz home lui criad.—253
chargez.—254 oi.—255 lui charga.—256 E il receut.

Que cil qui mesfunt tut le plus,
*E sunt plus fier en lur corage,
Quant il vienent en grant aage,   260
De grief penitence suffrir
Pur la Deu grace deservir.
Cest essample lur volt mustrer
Li Seinz Deu pur els afermer.

Quant Seinz Patriz aveit parlé   265
a cele gent, e demustré
de Deu la grant puissance veire,
N'i aveit nul qui volsist creire
S'il ne mustra certeinement
Qu'il veïssent apertement :   270
Les joies dunt il a mustré
E les peines dunt a parlé ;
S'il les veïssent, mielz crerreient
Iço que dire li orreieut.

Seinz Patriz li bons eürez   275
Fu bien de Deu e mult privez ;
Nuit e jur fu en oraisuns,
En veilles, en afflicciuns,
En jeünes e en tristur,
Pur requerre nostre seignur   280
104c Del pueple, qu'en eüst merci,
E que il ne fussent peri.
En cele entente qu'il esteit,

258 Ke.—259 Qui fiers.—260 (*precedes l.* 259) uenent.—
267 Qe.—269 lur *after* ne *correctly stricken out by Roquefort.*
mustrat.—270 Kil.—271 ad.—272 ad.—273 le.—274 Ke co
lui oreient.—276 Fud.—277 fud oreisuns.—278 e en.—
281 ken.—282 kil nen fusent.—283 kil.

[E] des oraisuns qu'il faiseit,
Jhesu Crist li vint en present,   285
Si cum il aveit fait suvent.
Un tixte d'evangeilles plein
Li duna e mist en sa mein ;
E un bastun qu'il dut porter
Quant al pueple dut sermuner.   290
Uncor sunt el païs guardé
Pur reliques, en grant chierté.
Pur ço que le bastun duna
Deus a sun serf e cumanda,
Apele l'um icel bastun   295
" Le bastun Deu '' qui'n fist le dun.
Itels choses deit cil aveir
Qui eveschié deit purseeir.
Ço nus mustre Malachias,
En sa Vie, nel dutez pas.   300

A pres cest fait, Deus amena
Seint Patriz e si li mustra,
en un desert,—uns lius guastez
Qui de gent n'ert pas habitez,—
Une fosse tute roünde,   305
Si ert dedenz grant e parfunde ;
E sachiez qu'ele esteit obscure,
Espoëntable a desmesure.

---

284 oreisuns kil feseit.—285 lui.—286 souent.—287 de
eu.—288 Lui donat.—289 kil dust.—290 Quant il ser-
moner.—291 Uncore garde.—292 cherte.—293 ke dona.
—294 comanda.—296 kin.—298 Ki euesked purseir.—302
Seinz.—303 gastez.—305 runde.—307 sachez kele.—308
Espuntable demesure.

104d Puis li dist qu'iluec ert l'entrée
De l'espurgatoire e trovée ; 310
E qui fust de ferme creance
E eüst en Deu esperance,
E fust cunfes de ses pechiez
E apres acomuniez,
Purreit ici dedenz entrer ; 315
E s'il i purreit demurer
Un jur e une nuit entiere
E par ici venir ariere,
Tut serreit nez de ses pechiez
E de ses mesfaiz espurgiez, 320
De quant qu'il out fait en sa vie ;
E si verreit, n'i faldreit mie,
E les peines e les dolurs,
E les turmenz des pecheürs.
E les granz joies des esliz 325
Verreit, s'il fust en Deu parfiz.
Si tost cum Deus li out ço dit,
Devant sa face s'esvanit.
Li Seinz remest tut repleniz,
E de la grace Deu guarniz. 330
Mult fu haitiez de sun seignur,
Que il aveit veü le jur ;
E de la fosse veirement
Qu'il poeit mustrer a [la] gent.
Pur ço quida que li plusur 335
Serreient [mis] hors de l'errur.

---

309 lui ke iluek lentre.—310 purgatoire.—313 confes.—
315 E pur.—318 reuenir arere.—319 netz.—321 kil.—322
uerreiz faudreit.—324 de.—327 cume.—329 remist.—330
garniz.—331 fud.—332 Kil.—333 fose.—334 Kil.—335 ke.

5

105a En cel liu fist une abbeïe,
U il mist gent de bone vie ;
Chanoignes riulez i a mis,
Si lur a bien lur ordre apris.　　　　340
El cimetire veirement
Est la fosse, vers oriënt ;
De mur l'enclost, portes i fist
E bone fermeüre i mist ;
Pur ço qu'um n'i poeit entrer,　　　　345
Si par lui nun, ne la aler,
La clef cumanda al priur,
Si defendi que nuit ne jur
N'i entrast nuls, si par lui nun,
E par tuz cels de la maisun.　　　　350

El tens Seint Patriz par licence
pristrent li plusur penitence :
quant il esteient absolu,
Si vindrent la u li us fu ;
Enz entrerent seürement,　　　　355
Mult suffirent peine e turment,
E mult virent l'horrible mal
De la dure peine enfernal.
Apres icele grant tristesce
Virent grant joie e grant leësce.　　　　360
Ço qu'il volstrent cunter e dire,
Fist Seinz Patriz iluec escrire.
De ço furent la genz creanz

---

338 Ou.—339 ad.—340 ad.—341 cimiterie.—342 fose.—
345 kum puet.—347 comanda.—348 defendit ke.—349
Nentrast.—354 ou.—357 horible.—361 kil uoleient.—362
iluek escriure.—363 gent.

Que Seinz Patriz esteit disanz,
105b Par cels qui esteient venu 365
De cel liu u orent veü
E les joies e les dolurs,
Solunc les oevres des plusurs.
Pur ço qu'iluec sunt espurgiez,
Cil qui entrent, de lur pecchiez, 370
A nun cil lius Espurgatoire,
Qui tuz jurs *serra en memoire ;
E pur ço que Deus demustra
A Seint Patriz e enseigna
Primes cel liu, est issi diz : 375
L'Espurgatoire Seint Patriz.

Rigles a nun, la u fu mise,
Li lius, e fundée l'iglise.
Apres cest fait que jo vus di,
Cist Seinz Patriz s'alme rendi 380
Mult seintement a Jhesu Crist,
Qui en sa gloire od lui la mist.

Apres lui *ert en la maisun
Uns hum de grant religiun,
De bon estre e de seinte vie ; 385
Si fu priurs de l'abbeïe.
De grant aage esteit forment :
Si vielz fu qu'il n'out qu'une dent.

---

364 Ke.—366 ou.—368 oures.—369 ke iluec.—371 Ad
purgatoire..—372 ert.—373 ke.—374 patric.—377 ad ou
fud.—378 le ig.—379 ke.—383 out. Lat. K : erat prior
in eadem ecclesia, homo quidam, etc.—384 home.—386
fud.—388 uelz fud kil kune.

*Nule aient li vieil maladie,
Tant cum il sunt en ceste vie ;   390
Si dit Seinz Gregoires que fieble
Sunt par lur vieillesce e endieble.

105c Ici nus dit de cest priur,
Qu'il fist faire pres del durtur
Un habitaele u il mansist,   395
Qu'il a ses freres ne nuisist,
Ne ne grevast pur sa fieblesce,
Ses aages, ne sa vieillesce.
Li chanoigne de la maisun
Le mistrent suvent a raisun :   400
" Beals pere, pur Deu, dites nus
Cum bien volez vivre entre nus ? "
Li seinz priurs lur respundi :
" Mielz amercie aillurs qu'ici ;
Ici ai jo peine e dolurs,   405
Joie e deliz avrai aillurs."
Icist frere qui a lui vindrent
La voiz oïrent e retindrent
Des angeles Deu a lui parlanz,
Lui e sa dent beneïssanz :   410
" Frere, tu es beneürez,
E cele denz que vus avez,
Qu'unques viande ne mascha,
Ne ne senti ne n'atucha

---

389 Tut naient. Lat. KC : licet senex sanus sit, ipsa
senectute sua semper tamen infirmus est. ueil.—391 seint
ki feble.—392 veillesce endeble.—394 Kil dortur.—395
E hab. ou.—396 Kil.—398 veillescesce.—399 chanoine.
—400 souent.—401 Beau piere.—402 bic.—404 kici.—409
angles.—412 dent nus auus.—413 Ke unkes.

Que al quer venist a delit, 415
U tu eüsses nul profit."
En sa viande n'out il el
Fors ewe freide, pain e sel.
Tost apres ço morut icist :
S'alme rendi a Jhesu Crist. 420

105d Seignurs, si cum dit li escriz,
plusurs genz el tens Seint Patriz,
[e] en altres tens altresi,
Issi cum nus avuns oï,
Dedenz l'espurgatoire entrerent, 425
E puis apres s'en returnerent.
E meinz *l'en vit [de] retenuz,
Qui furent periz e perduz.
Icil qui revindrent cunterent ;
Li chanoigne tut embreverent, 430
Pur edifier altre gent,
E qu'il ne dutassent nïent.
E si nus dit il alques plus :
Que ço fu custumë e us :
Cil qui enz voleient entrer 435
E l'espurgatoire espruver,
A l'evesque durent aler
E lur cunfessiun mustrer.
E apres la cunfessiun,

---

415 Qui.—416 Ou.—417 ta. Lat. KC : Eius enim cibus
erat, etc.—419 morust.—421 cume. 423 autres autresi.—
424 cume aunms.—427 e nuit.—429 Cels ke.—430 chano-
ine.—431 autre.—432 kil nvent.—433 dist aukes.—434
Ke fud custumes.—435 einz voleint.—437 eueske.—438
conf.—439 conf.

Lur fereit l'evesques sermun :   440
"Seignurs, pur Deu, n'i entrez pas ;
De la aler n'est mie gas.
Mulz en i a de retenuz,
Qui jamais nen erent veüz."
Mais quant verreit certeinement   445
Cels tenir lur purposement,
Par lettres [il] les enverreit
106a   Al priur, si li mandereit
Qu'il preïst d'els e guarde e cure,
E meïst en la fosse obscure.   450
Quant esteient a lui venuz,
E il les avreit receüz,
De lessier cel purpensement
Les enortereit bonement,
E qu'il penitence preïssent,   455
E en cest siecle la feïssent.
Quant il nes purreit tresturner
Que il n'i volsissent entrer,
Dedenz l'iglise les mettreit,
E quinze jurs les i tendreit   460
En jeünes, en oraisuns,
En veilles, en afflicciuns.
Puis mandereit clers del païs,
E partie de ses amis ;
Matin fereit messe chanter   465

---

440 leueske.—443 ad.—444 Ke iameis.—446 Ces.—
*Line 454 was inserted here by mistake and then stricken
out.*—448 lur mandreit.—449 Kil de els garde.—450 fose.
—452 auereit.—453 lesser.—455 kil.—458 Kil.—461 e en
oreisuns.—462 e en.—463 mandreit du.—465 freit lum.

E cels desqu'a l'altel mener,
Pur estre i acommunïez
E beneëscuz e segniez.
L'ewe beneëite sur els
Jeterent li clerc e [sur] cels ;   470
Od processiun e od chant,
Si [cum] custume esteit devant,
A la porte tut dreit menouent,
Si l'ovreient e desfermouent.
La sermunereit li priurs ;   475
106b   Si lur musterreit les dolurs
Que dedenz cel liu troвereient,
E que jamais ne revendreient,
S'il n'eüssent ferme creance
En Deu, e veraie esperance.   480
E si dist qu'al tens [Seint] Patriz
En i aveit il de periz.
Cil qui ç'aveient purposé,
E en c'esteient affermé,
E ne volstrent pur lui partir,   485
Il lur ireit la porte ovrir ;
Cil fereient la croiz sur els,
E enterreient devant cels.
Puis clorreient pres els l'entrée ;
En l'iglise de Deu amée   490
Ireient tuit li clerc ariere
E fereient pur els preïere.

---

466 desque al autel.—468 beneceuz segnez.—469 beneite
hels.—473 menereient.—474 defermeient.—476 lui mus-
treit.—477 Ke.—478 ke iameis.—480 uerreie.—481 dit kal.
—482 des.—486 irreit.—488 enterreient.—491 Irreient tut
li drec arrere.—492 ferreient.

El demain vendreient oïr
Li quels en purreit revenir.
Se alcuns en fust revenuz   495
A joie serreit receüz ;
Puis demurreit, el Deu servise,
Pleinement quinzeine en iglise ;
Puis cuntereit de s'aventure,
E serreit mise en escripture.   500
E cil qui n'en fust revenuz—
Bien saveient qu'il fu perduz.

106c   El tens le rei Estefne dit,
        si cum nus trovum en escrit,
        en Yrlande esteit uns prozdum :   505
Chevaliers fu, Oweins out nun ;
De qui nus voluns ci parler,
E la dreite estoire mustrer.
A l'evesque de cel païs,
U li purgatoires ert mis,   510
Vint Oweins a cunfessiun,
De ses pechiez querre pardun ;
Kar mult aveit suvent ovré
Cuntre Deu en grant cruëlté.
L'evesques oït ço qu'il dist,   515
E cument il se regehist.
Mult le blasma qu'il out esté
En tel oevrë e demuré :

---

494 empurreit.—495 Si aucuns.—499 cont. sa av.—502 kil
fust.—504 cume.—505 Ken un produm.—506 fud Owens.
—507 uolums.—509 eueske.—510 Ou.—511 Owens conf.—
513 souent.—514 Contre.—515 eueskes kil.—516 coment.
517 blama kil.—518 oure demore.

Par ses pechiez out irascu
Sun creatur e offendu. 520
Li chevaliers pur ses pechiez
Fu mult tristes e esmaïez ;
Pense que digne penitence
Fera solunc la Deu consence.
L'evesques li voleit duner, 525
Solunc ço qu'il l'oït parler,
Penitence de ses pechiez,
Dunt il peüst estre alegiez.
Li chevaliers li dist briefment :
"Sire evesques, nen voeil nïent 530
106d Legierement espeneïr,
Ne tel penitence suffrir.
Trop ai forfait a mun seignur,
E offendu mun creatur ;
Pur c'eslirai, par Deu licence, 535
La plus *grevuse penitence :
A l'espurgatoire en irai
Seint Patriz, e la enterrai
Que jo seie de mes pechiez
E delivres e espurgiez." 540
Li evesques l'amonesta
De ço lessier que il pensa :
"N'est pas a aler cuvenable
La u cunversent li diable ;
Hum set bien que mult i entrerent 545

522 Fud.—523 ke.—524 solum.—525 leueskes doner.—
526 Solum kil.—528 pust.—529 lui brefment.—530 eueske
uoil neent.—531 espenir.—535 co esl.—536 grieue.—537
irrai.—538 enterai.—539 Ke.—541 eueskes.—542 lesser
kil.—543 couen.—544 ou conv.—545 Hom siet ke mulz.

Qui unques puis ne returnerent."
Nule poür de peine aveir
Ne puet sun corage moveir.
Li evesques vit sun corage :
Si l'enorta qu'a moniage   **550**
Se mesist entre bone gent,
U od chanoignes en cuvent ;
Puis purreit plus seürement
Faire le suen purposement.
Il li respunt que nun fera :   **555**
Ja altre habit nen recevra,
Fors tel cume il aveit eü
Des i qu'il ait cel liu veü.

107a   Quant l'evesques si fermement
           vit qu'il tint sun purpensement, 560
           al priur de cel liu manda,
Par escrit qu'il li enveia,
Que cel chevalier recuillist,
Al purgatoire le mesist,
Issi cum il faire deveit,   **565**
E cume la custume esteit.
Li chevaliers vint al priur,
Il le reçut par grant amur
E mult li dist e sermuna

---

546 ke unke.—547 aue r (i *erased*).—548 mouer.—549
eueskes.—550 len orat ka.—551 Si.—552 Ou couent.—553
purreit il.—555 lui ke fera (e *partly erased*).—556 autre.
—557 laueit.—558 De ci kil.—559 leueske ferment.—560
kil tut.—562 kil lui.—563 Ke.—564 espurgatoire e le.—
569 lui sermona.

Qu'il laissast ço que il pensa. 570
"Trop ai [jo] grant oppressiun
D'aler en tel perdiciun."
Tant ert fervenz en sun desir,
Ne l'en puet li priurs partir.
Od lui l'amena en l'iglise, 575
Si cume custume est assise.
Quinze jurs l'i fist demurer,
Urer, veillier e jeüner.
Quant i out esté quinze dis,
Si manda les clers del païs ; 580
Matin li firent messe oïr,
E esculter tut a leisir.
Puis reçut od devociun
Le cors Deu od beneëiçun ;
L'ewe beneëite jetterent 585
Desur lui, apres l'amenerent
107b Od letanie, od oraisun,
E od bele processiun,
El liu u il deveit entrer ;
Forment se hasta d'i aler. 590

L i priurs a l'us desfermé ;
    devant tuz a dit e parlé
    al chevalier, si li mustra
L'entrée e puis li sermuna :
"Amis, certes si tu creëies 595

---

570 Kil leissast kil.—575 lamenad.—576 costume.—578 Orer ueiller iuner.—579 il.—581 lui.—582 escuter.—584 beneicun.—585 beneite.—587 oreisun.—589 ou.—590 le de.—591 ad.—592 ad.—593 chenaler lui.—594 le sermona.

Noz cunseilz, ja n'i enterreies :
Bien puez ci ta vie amender,
E Deu servir e honurer.
Mult i sunt entré e perdu ;
Ne sout hum qu'il sunt devenu   600
Kar n'orent pas ferme creance,
Bone fei, ne dreite esperance ;
Ne poreut suffrir les turmenz,
Pur ço remestrent il dedenz ;
Par les granz turmenz que il virent   605
Deu obliërent e perdirent.
Si vus sur ço volez entrer
Que vus m'oïez ici cunter,
Primes vus ferai ci oïr
Ço que vus est [a] avenir."   610
Li chevaliers li respundi :
"J'i enterrai, en Deu m'afi,
Pur mes pechiez espeneïr,
E que jo puisse a Deu plaisir."
107c   Li priurs dist : " Entendez, sire,   615
Ço que vus vueil mustrer e dire :

" El nun de Deu, que vus creëz,
         en ceste fosse vus mettrez ;
         par le crois de la terre irez
Tant qu'en un grant champ enterrez ;   620
Une grant sale i troverez,

596 Nos conseilz entreies.—597 poz.—599 entree.—600
hom kil.—604 remistrent.—605 kil.—608 Ke.—611 cheu-
alers lui.—612 J o ienterai.—613 espenir.—614 ke pleisir.
616 noil.—617 creiez.—620 ken entrez.

Bien ovrée, si enterrez.
Mult sont d'ovraigne qui la fist
E qui si faitement l'asist.
Dedenz la maisun vus serrez,   625
Tant de bons messages avrez ;
De part Deu a vus parlerunt,
E si vus recunforterunt.
Si vus enseignerunt assez
Iço que vus faire devez.   630
Apres ço s'en departirunt,
E a Deu vus cumanderunt.
Hastivement avrez apres
Cruëls messages e malves.
Ço nus unt dit e cuneü   635
Icil qui de la sunt venu :
Nus le veïmes en escrit,
Issi cume jo l'ai vus dit."

Li ber mustra mult bel semblant,
E devant tuz dist en oant :   640
Qu'il n'out dute de cel peril,
Qui les altres mist en eissil ;
107d   Kar la force de la dolur
Des pechiez, dunt il a poür,
Despit, qu'il nes voleit oïr,   645
Ne sun purpensement guerpir.
Li grant mesfait de ses pechiez,
Dunt sis cors ert pleins e chargiez.

---

622 ouere enterez.—623 de oueraigne.—624 feitement.
—628 reconf.—632 comand.—635 coneu.—638 lai a uns.—
641 Kil.—642 autres.—644 ad.—645 kil.—648 ses chargez.

Ne reduta mie a suffrir
Peine e turment pur Deu plaisir.   650
Cil qui devant fu bien armez
D'armes de fer e aturnez,
E qui aveit grant hardement
En estur pur veintre la gent,
Or s'ert armez en tel mesure   655
Dunt li diables n'eüst cure :
De fei e de bone esperance,
E de justise e de creance.
Par icestes vertuz, sanz faille,
Veintra le diable en bataille.   660
Il dist a tuz : "Preïez pur mei,"
Puis fist la croiz par devant sei.
Hardiëment, od bon semblant,
En la fosse se mist avant.
La porte a li priurs fermée,   665
Si s'en departent de l'entrée ;
Vunt s'en od la processiun
El mustier, e funt oraisun
Que Deus ait pitié e merci
Del chevalier dunt jo vus di.   670

108a   Li chevaliers pas ne s'esfreie,
        parmi la fosse tient sa veie ;
        ore hantera, ne dutez mie,
Novele e fort chevalerie.
Merveille est qu'il est asseürs ;   675

Cum il plus va, plus est obscurs !
Tute pert humaine veüe ;
Altre clartez li est venue ;
Petite fu, mais nepurquant
Par cele tint la veie avant.   680
Tant a erré par desuz terre,
Qu'il vint al champ qu'il alout querre.
Une maisun vit bele e grant,
Dunt il oït parler devant.
Tel lumiere a iluec trovée   685
Cum est d'yvern en la vesprée.
Icist palais aveit en sei
Entur, une entiere parei,
Faite a piliers e a *archiées,
A vulsurs e a wandiches (?) :   690
Cloistre resemblout envirun,
Cum a gent de religiun.
Li chevaliers s'esmerveilla
De l'ovraigne qu'il esguarda.
Quant le palais out esguardé   695
Dehors, e tut entur alé,
Hastivement dedenz entra ;
Assez plus [i] s'esmerveilla

---

676 obscur.—678 autre clarte lui.—679 fud.—681 ad.
—682 Kil kil.—685 lumere ad iluek.—686 de yv.—687
Icest paleis.—CK : Aula vero parietem non (K : in se
non) habebat, sed (K : quoniam) columnis et archiolis
erat undique constructa (K : -tum). A : Aula enim cir-
cumvallata erat parietibus, sed in modum claustri mona-
chorum super columpnas erat fabricata.—689 Fait ar-
ches.—690 nonsurs.—694 oueraigne kil.—695 paleis.—
698 A sez.

108b De ço qu'il a dedenz veü.

    A tant s'assist loant Jhesu ;   700

    Ses oeilz turna e sus e jus,

    Esmerveilla sei, ne pout plus ;

    Ne quida pas, c'en est la sume,

    Que cil oevre fust de main hume.

I l n'i aveit guaires esté,   705

    quant en la sale sunt entré

    quinze persones, simplement

Res e tundu novelement ;

Blans vestemenz orent vestuz.

    De part Deu li distrent saluz ;   710

    Lez lui s'assistrent envirun

    En semblant de religiun ;

    Tuit se turent, li uns parla,

    Mestre e priurs d'els resembla.

    Al chevalier dist dulcement :   715

    " *Beneïs Deu omnipotent,

    Qui a si bon purposement

    Mis en tun quer e hardement ;

    Tun purpos e ta volenté

    Parfacë il par sun bunté ;   720

    E si te guart par sun plaisir,

---

699 kil ad.—701 oilz turnat.—702 Merueillat.—703 summe.—704 Ke oure.—705 gueres.—706 K : ecce quindecim viri tanquam religiosi et nuper rasi. A : ecce viri duodecim in veste candida et barbis nuper rasis. . . 708 tunduz.—709 Blancs.—710 par lur.—712 semblance. 715 chevaler ducement.—716 Benoit seit deus.—CK : Benedictus sit omnipotens deus. A : Benedictus deus pater omnipotens.—717 ad.

Qu'ariere puisses revenir.
Ci venez pur vus espurgier
De voz pechiez e alegier ;
Barnilment t'estuet cuntenir,   725
U ici t'estuvra perir :
108c   Cors e alme en perdiciun
Larras sanz fin de reançun.
Ferme creance aies en tei ;
Retien ço que tu oz de mei :   730
Ja endreit quant nus en iruns,
En cest païs sul te lerruns ;
Grant multitudine verras
Des diables, nel dute pas,
Qui granz turmenz te musterrunt,   735
De greignurs te manacerunt.
Si en lur cunseil vus metez
E si creire les en volez,
Il promettrunt veraiement
Que hors vus merrunt salvement   740
A l'entrée dunt vus venistes,
Quant dedenz cest clos vus mesistes.
Si vus quiderunt engignier ;
De ço vus vueil bien acointier.
Si vus creëz lur faus sermun,   745
Si irez en perdiciun :
Si par manace u par turment,
U par malvais blandissement

---

722 Karere.—725 testot.—726 Ou testuurat.—728 rancun.
—729 Femme.—731 I andreit. irruns.—735 grant mus-
terunt.—737 conseil.—739 ueirement.—740 Ke.—743 en-
gigner.—744 uoil acointer.—746 irrez.—747 ou.—748 Ou
malueis.

6

Estes esmaïez ne veneuz,
Finablement estes perduz.   750
S'en Deu avez ferme creance,
En ses nuns e en sa puissance,
E ne sciez espoëntez
Des manaces que [vus] orrez,
108d   E les pramesses nun verables   755
Ne creëz (qu'il sunt decevables !)
Mes despisiez els e lur diz, —
Si serrez tensez e guariz ;
Puis serrez de tuz voz pechiez
E delivres e espurgiez.   760
Les granz turmenz e la dolur
U sunt livré li pecheür
Pur les oevres d'iniquité
U il se furent aturné,
Verrez apertement ici ;   765
E les granz joies altresi,
E les repos e la dulçur
U cil cunversent sanz dolur
Qui Deu servirent e amerent
E en bones oevres finerent.   770
E aïez tuz jurs en memoire
Deu qui est sire e reis de gloire.
Quant il vus mettrunt en turment,
Jhesu Crist reclamez suvent :
Par l'apel de cel nun puissant   775
Serrez delivres maintenant.

---

751 Si en.—753 serez (?) espuntez.—756 kil.—757 des-
pisez.—762 Ou.—763 oures de iniq.—764 Ou.—766 autre.
—768 Ou conv.—774 souent.

En quel liu que sciez menez,
E quel turment que vus sentez,
Le nun Jhesu Crist apelez ;
Guardez que vus ne l'obliëz.   780
Delivres serrez par cel nun :
Par la Deu grace le savum.

109a Ne poüns plus od vus ci estre :
Cumandum vus al rei celestre."

A pres cele beneïçun   785
    s'en departirent li barun.
    li chevaliers remest sultis,
Appareilliez e ententis
De novele bataille emprendre,
Par qu'a Deu puisse l'alme rendre.   790
Cil [qui] se cumbati suvent
Par pruësce cuntre la gent,
Aprestez s'est e cuvenables
De cumbatre cuntre diables.
Bonement en Deu esperant,   795
Atent li quel vendrunt avant.
Des armes s'esteit bien armez,
E bien guarniz e aturnez :
Halberc de justise out vestu,
Par quei le cors out defendu   800
De l'engin de ses enemis ;
E l'escu de fiance out pris.

---

778 ke.—780 Gardez ke.—781 deliure.—783 poums.—784
Comandum.—786 partirent.—787 cheualers remis sutis.
—788 Apparillez.—790 quei a.—791 combati souent.—792
prouesce contre.—793 couenables.—794 combatre contre.
—797 sest.—799 Hauberc.

Healme out fait de ferme creance ;
L'altre armeüre d'esperance—
Espée a del seint espirit ;   805
Si cum [li] livre le nus dit,
C'est la parole Jhesu Crist,
Qui de sun nun numer l'aprist.
Mult li fu cil seinz nuns aidables
Quil rescust suvent des diables   810
109b   Qu'il ne fust periz ne tenuz,
Ne par lur grant turment vencuz.
La pitiez de sun [bon] seignur
Nel deçut pas en sa tristur ;
Nun *faut ele nului qui l'eimt,   815
N'en sa grant bosoig la recleimt.
Issi armez cum jo vus di,
Li chevaliers suls attendi
Les batailles espoëntables,
Qu'il fera encuntre diables.   820

I l n'i aveit guaires esté
   quant a oï e esculté
   une tel noise e uns tels criz,
Cum si li munz fust esturmiz ;
Que si tuit li hume del munt,   825

---

803 Haume.—804 L antre.—805 Espeic ad.—806 cume
liures.—808 Ki nomer.—809 lui fud seint nun cidables.—
810 Kil souent.—811 Kil.—813 pitie. K : Nec cum pietas
boni ihesu fefellit.—814 *dulcur after sa, and then stricken
out.*)—815 feit nuli kil. K : quae confidentes in se fallere
non consueuit.—816 Ne.—817 cume.—818 cheualers.—
819 espuntables.—820 Kil ferad encontre.—821 gueres.—
822 ad escute.—823 tele.—824 Cume.—825 Ke tut home.

Oisel e bestes qui i sunt,
A une voiz criassent tuit,
N'i eüst mie greignur bruit.
Si ne fust de Deu la vertuz,
De laquel il *s'esteit vestuz,   830
E li cunfort qu'il out eüz
Des seinz baruns qu'aveit veüz,
Hors del [sun] sen fust afolez,
Chaüz aval e estunez.
Apres la grant noise e le sun,   835
Entrerent tuit en la maisun.
Od hidus embruïssemenz ;
Sur lui rechinnerent lur denz.

109c Desur tute altre creature
Esteit horrible lur figure ;   840
Trestuit issi desfiguré
L'unt par grant eschar salué ;
Quant il l'aveient salué,
Par reproche unt a lui parlé :

"Li hume qui nus sunt servant,   845
     e en nostre oevre demurant,
          vienent a nus apres lur fin,
E sunt a nus de tut enclin.
E vus estes tut vis venuz :
Bien devez estre receüz ;   850
Greignur loïer, greignur merite
Devez aveir, qu'avez eslite

826 Oisels ke.—830 laquele se ert.—831 les conforz kil.
—832 kaueit.—839 autre.—841 Trestut desfigurez.—842
saluez.—845 home.—846 demorant.—847 Uenent.—849
uifs.—851 louer.—852 kauez.

Nostre estre e nostre cumpaignie,
E venistes a nus en vie.
Grant grace devum rendre a vus,   855
Que vis estes venuz a nus ;
Altrement avriuns nus tort,
Quant vus n'atendistes la mort.
Ça venistes espenïr
Voz pechiez par turment suffrir ;   860
Ci avrez vus assez dolur,
Miseire, turmenz e tristur,
Pur ço que servi nus avez.
Si noz cunseilz creire volez,
A la porte sein vus merruns   865
U entrastes, hors vus mettruns.
109d Luug tens purrez el siecle vivre,
E voz deliz faire a delivre.
Si mielz amez a remaneir
Qu'ariere aler e joie aveir,   870
Cruëls peines e grief turment
Avrez od nus finablement.''

I ssi faitierement parlouent
  li diable e amonestouent
  le chevalier qu'a els turnast,   875
E sun purposement laissast :
Qu'il volsist a els cunsentir,

U par manace u par blandir.
Mais li chevaliers Jhesu Crist
N'out poür, ne ne se fremist ;   880
Ne blandissemenz ne manace
Nel deceit que lur plaisir face.
En pais se sist, n'out poür d'els ;
Ne volt un mot parler a els.
Il virent bien qu'il les despist :   885
Hidus semblant chascuns li fist.

U n feu firent de maintenant
en la maisun, merveilles grant.
piez e meins li lïent forment ;
El feu le jettent erralment ;   890
Od cros de fer enz le buterent,
Hidusement sur lui crïerent.
Li chevaliers en sa dolur
Apella le nun *del seignur.
110a Si enemi qui od lui sunt   895
S'esforcierent qu'el feu parfunt
Le peüssent entr'els tenir,
E sun cors ardeir e bruïr.
Quant [il] cel grant turment senti
A Jhesu Crist cria merci ;   900
Icil uuns l'a bien defendu
Del premier turment u il fu.

---

878 Ou ou.—879 cheualer.—881 blandissement.—882 ke
pleisir.—883 de els.—885 kil.—886 chescun.—889 lui.—
891 crocs.—893 cheualers.—894 Apellat nostre seignur
CK : pii Iesu nomen invocavit.—896 Sesforcerunt kel.—
897 entre els.—898 arder.—900 criat.—901 lad.—902 ou.

Apres cele invocaciun
   qu'il fist de cel seintisme nun,
     fu delivres, li feus s'esteint,   905
E icist granz turmenz remeint.

Quant li chevaliers a veü
De Deu la force a la vertu,
En lui s'afie fermement,
E atent plus seürement   910
Les turmenz u il deit entrer,
E ço que il deit trespasser.
Les diables despit sanz faille,
E lur turmenz e lur bataille.

En une waste regiun   915
Le meinent, hors de la maisun,
Dunt la terre ert neire e obscure.
N'i vit nule altre creature
Fors les diables quil menerent,
E qui tut entur lui criërent.   920
La out un freid vent e serri
Qui li parcurt le cors parmi ;
110b   Il nel poeit niënt oïr ;
Cest turment li cuvint suffrir.
Desque la l'unt trait e mené   925
U li soleilz naist en esté :
A la fin del siecle le meinent,

---

904 Kil.—905 fud feu esteint.—906 grant.—907 cheua-
lers ad.—911 ou.—912 kil.—917 (*after* terre *an* f; *appar-
ently the scribe began to write* 'fud').—918 autre.—919
kil.—920 ki entutr (*second* t *stricken out*).—922 Ke lui par-
cout.—924 couint.—926 Ou soleil neist.

Ço li fu vis, par tut le peinent.
Par une veie, grant e lée,
Le trestrent en une valée,   930
Cele part dunt li soleilz surt
En yver, quant li jur sunt curt.

D'altre part, vers le su, a destre,
li mustrerent perillus estre :
u il le meinent a oïz   935
Gries pleintes e dolurs e criz ;
E cum plus ala aprismant,
Plus oï pleinte e dolur grant.
En un grant champ l'unt puis mené,
Plein de miseire e d'amerté.   940
Li chevaliers ne pout veëir
La grandur del champ, ne saveir.
De tute maniere de gent
Vit plein cest champ veraiement ;
A la terre tuz estenduz   945
Envers, e si esteient nuz.
Od clous de fer e meins e pié
A la terre sunt enfichié.
Pur l'anguisse de lur dolur,
Mangierent la terre a tristur ;   950
110c   Suvent diseient od haut cri :
    " Espargniez nus ! merci ! merci !"
N'i aveit nul quis alejast,

---

928 lui fud.—933 Dautre.—934 Lui.—935 Ou ad oi.—
936 Grefs cri.—937 cume alat aprimant.—940 miserie
de am.—941 chevalers neer.—942 saveer.—944 pleins cist
veraiment.—947 piez.—948 enfichiez.—950 mangerent.—
951 Souent ou.—952 Esparniez.—953 aleggast.

Ne qui de rien les espargniast.
Li diablë entr'els alouent,   955
Sis bateient e turmentouent.
Al chevalier dïent suvent :
" Vus sufferrez icest turment,
S'a nus ne vus voilliez tenir,
E a noz cunseilz obeïr.   960
Se vus voilliez certeinement
Laissier vostre purposement,
Hors vus remerruns seinement ;
N'i avez nul blemissement.
S'od nus manez *finablement,   965
Tuz jurs avrez peine e turment."
Il retint bien en sun pensé
Cum Deus l'aveit einz delivré ;
Nule rien ne lur respundi,
Einz les despist e sis haï.   970
Envers a terre le metteient,
Tut nu, si cum li altre esteient ;
E sil voleient cloufichier ;
Mes il membra al chevalier
Del nun Deu qui l'out delivré ;   975
Si a Jhesu Crist reclamé.
Cil turmenz ne li pout nuisir ;
Li nuns Deu les fist departir.

---

954 riens esparniast.—955 diables.—957 souent.—958
sufferez.—959 uoillez.—960 nos conseils.—961 uoillez.
—962 Laisser.—965 Si od remanez finement.—968 Cume.
—971 E uers.—972 cume autre.—973 sis.—975 ki.—976
ad.—977 lui.

110d D'iluec le traistrent e menerent,
dedenz un altre champ entrerent, 980
u greignurs turmenz a veüz
Qu'en cel dunt il esteit eissuz.
De chascun eage de gent
Out en cel champ diversement ;
A la terre furent culchié, 985
Cume li altre e cloufichié.
Tels esteit la diversetez
De cels qu'en cel champ a trovez,
E des altres qu'il vit devant :
Sur les ventres erant gesant ; 990
Li altre geseient envers,
Cloufichié a la terre od fers.
Dedenz cest champ u est venuz,
Plusurs de cels i a *veüz
Qui adenz esteient gesanz ; 995
Sur els veët draguns ardanz,
Qui poigneient e turmentouent ;
Od denz ardenz les devorouent.
Plusurs i vit qui erent ceint
E de serpenz ardanz estreint 1000
E par les cols e par les braz ;
Mult i aveit dolurus laz.
Od lur langues, qui sunt fuïnes,
Percent lur cors e lur peitrines ;
Od l'aguësce traient fors, 1005

---

979 iluek.—980 autre.—981 Ou ad ueu.—982 Ken eisseu.
—983 age.—985 culche.—986 autre cloufiche.—988 ad.—
989 autres kil.—991 Les autres.—992 Cloufichiez.—993 ou.
—994 ces ad uenuz.—995 gisanz.—1002 dolerous

Ço li ert vis, les quers des cors.

111a Crapuz i vit, merveilles granz,
Ço li ert vis, trestuz ardanz ;
Sur les piz des asquanz seëient,
Od lur bes qu'horribles aveient,   1010
A graut force erent ententis
De traire les quers des chaitis.
Cil qui erent ici tenuz
Es granz turmenz qu'il a veüz,
Ne finerent de doluser,   1015
De griefment pleindre e de plurer.
Li diable sur els cureient,
E flaëloënt e bateient.
Chaitis est cil qui en tel peine,
Par ses pechiez, se trait e meine !   1020
Il ne poeit niënt veëir
La grandur del champ, ne saveir,
Fors de tant qu'il i fu entrez,
E le de travers fu menez.
Le chevalier unt apelé   1025
Li diable, e a lui parlé :
" Tuz cez turmenz que vus veëz
Avrez, si vus ne nus creëz."
Il les despit, cil s'entremettent :
Cum il en cez turmenz le mettent,   1030
Il apela le nun Jhesu.
Par cel apel delivres fu.

1006 lui.—1007 Crapouz.—1008 lui.—1009 seient.—1010
bees que.—1014 kil ad.—1015 finerent *corrected from* fu-
rent.—1016 grefment.—1021 ueer.—1022 saucer.—1023 kil
fud.—1024 lee fud.   Lat. K : intransversum campos per-
transivit.—1025 apelee.—1026 parlee.—1027 ces.—1030 ces.
1031 apelad.

111b

D'iluec l'unt trait, si sunt alé
   al tierz champ, u il l'unt mené,
   plein de miseires e dolur,   1035
E de criëment e de plur.
De tute maniere d'eé
I aveit gent trop grant plenté ;
E jurent adenz e envers,
Fichiez en terre od clous de fers   1040
Ardanz, des chies des i qu'as piez,
Par tuz les membres sunt fichiez
Si espes que nuls n'i mettreit
Sun dei qu'a clou n'i tuchereit.
En si tres grant anguisse esteient   1045
Qu'avis unques criër poeient,
Fors cume genz qui fussent mort ;
Tant esteient lur turment fort.
Nuz esteient e li freiz venz
Les turmentout e hors e enz ;   1050
E li diable les bateient,
Que nule pitié n'en aveient.
Allas, que nuls deit deservir
Que itel peine deit suffrir !
Apres unt li diable dit   1055
Al chevalier, sanz nul respit :
"Itels peines sufferrez vus,
   Se vus ne cunsentez a nus ;

1033 Liluek treit.—1034 terz ou.—1035 miserie. Lat.
CK : miseriis plenum.—1037 de heé.—1038 plentee.—1041
chiefs de ci kas.—1043 ke.—1044 ka tichereit.—1046 Ka-
uisunkes.—1047 gent fuissent morz.—1048 turmenz forz.
—1052 Ke.—1053 ke.—1054 Ke tel.—1056 cheualer.—1057
suffrez.—1058 cons.

E lessiez ço qu'avez empris,
U turmentez serrez tut vis."   1060
Il desdeigna e si despist
Lur cunseilz [e] nïent ne fist.

111c   Il le volcient ferm lïer
E a la terre cloufichier,
Si cum esteient li pené   1065
Qui la furent : il a numé
Le nun Jhesu Crist dulcement ;
Si fu delivres erralment.

Tant l'unt trait e sachié entr'els
        qu'el quart champ le meinent od els.
        tute maniere de turmenz
La vit li chevaliers dedenz :
Par les piez esteient pendanz
Plusur, od chaëines ardanz ;
E par les mains e par les braz   1075
Li plusur, en dolurus laz.
E si aveit [il] mulz de cels
Qui pendirent par les chevels ;
Li plusur, les testes aval,
Pendirent en flame enfernal   1080
Faite de sulphre qui ne fuut.
Par les jambes lïé amunt,
Li un pendeient cruëlment

1059 lessez kauez.—1060 Ou.—1062 cons.—1065 peine.
—1066 ad nome.—1067 ducement (e or r?).—1068 fud
erraument.—1069 sache entrens.—1070 menerent o eus.—
1071 tormenz.—1074 Plusurs chacnes.—1076 dolereus.—
1077 mult ceus. — 1078 cheueus. — 1081 sunt (?). — 1082
gambes liez.—1083 cruclement.

Od cros ardanz diversement :
Par oeilz, par nes, e par oreilles—   1085
De cels i aveit il merveilles—
Par col, par buche e par mentun,
E par mameles, ço trovum,
Par genitailles, par aillurs,
E par les joes les plusurs.   1090

111d Cels vit li chevaliers pendanz
El feu qui est tuz jurs ardanz.
En vit asquanz qui erent mis
En furnaises de sulphre espris ;
Asquanz en vit ars e bruïz,   1095
Qui sur graïlz erent rostiz ;
Asquanz en vit mis en espeiz,
E rostiz od sulphre e od peiz.
Li diable les rostisseient,
Divers metals sur els fundeient.   1100
Li altre diable teneient
Maces de fer, sis debateient.
Tute maniere de turment
[I] vit cist Oweins en present.
De ses cumpaignuns a veüz   1105
Plusurs qu'il a recuneüz,
Qui el siecle aveient esté,
Mes malement orent ovré.

1084 crocs.—1085 oilz.—1086 ceus.—1087 bouche men-
ton.—1088 les mam. trouon.—1090 ioues.—1091 Ceus.—
1093 ascans. *Follows l.* 1094.—1094 forneises souphre.—
1095 Asquans.—1096 grails.—1097 Asquans.—1098 rostis
souphre.—1100 metaus eus.—1101 autre.—1103 torment.
—1104 cest.—1105 *com*paignons ad.—1106 kil ad reconeuz.

Nuls ne purreit mustrer ne dire
Les plurs, les criz, n'en livre escrire !   1110
Cist chaus n'ert mie sulement
Pleins de la turmentée gent ;
Einz ert des diables plusur
Qui'n esteient turmenteür.
Entr'els le pristrent, sil voleient   1115
Turmenter, mes il ne poeient.
Le nun Jhesu Crist reclama,
[E] par cel nun se delivra.
112a Mult est cist nuns bons a numer,
Par qui *l'um se puet delivrer.   1120

Iluec le menerent avant ;
Un turment vit merveilles grant :
Une ruee ardant e fuïne.
Desuz ert la flame sulphrine ;
A la ruee u si rai sunt mis   1125
Ot cros de fer ardant assis ;
Fichiez furent espessement.
Sur cez cros pendeient la gent.
L'une meitiez en terre esteit,
E l'altre en l'air, qui tute ardeit.   1130
Li chaitif qui desus pendeient
En la flame sulphrine ardeient,
Qui de la terre veneit sus,

1109 ni porreit mostrer.—1111 champs solement.—1112
torm.—1113 plusurs.—1114 Qi en tormenteurs.—1115 En-
treus.—1116 Torm.—1117 non.—1118 non.—1119 nons
nomer.—1120 on.—1122 torm.—1123 roue ardante.—1124
souphrine.—1125 rove on.—1126 Od crocs asis.—1128 ces
crocs.—1130 lautre eir que tote.—1132 souphrine.

Si oscure ne poeit plus.
E li diable apertement 1135
Li mustrerent icel turment,
E li dïent tut en apert
Que s'il a els ne se cunvert,
Cest turment li estoet suffrir,
E desur la ruee venir : 1140
" Einz que desus vus encroïus,
Apertement vus musterruns
Cumfait turment cil chaitif unt
Qui a la ruee pendu sunt."
Li diable alerent avant, 1145
Icele ruee avirunant.

112b Li un de l'une part esteient,
Li altre encuntre, qui teneient
Granz pels de fer trestut ardant ;
De la terre furent levant 1150
Icele ruee encuntre munt ;
Icels li mustrent qui i sunt.
Plusurs [i] out d'altre maniere
Qui la butouent [en] ariere.
Tant la turnouent cruëlment, 1155
E tant alout isnelement,
Que nuls ne poeit cels, pur veir,
Qui pendu i erent, veeir,

1136 Lui mostr. torm.—1137 lui.—1138 eus *conuert.*—
1139 torm. lui estot.—1140 roue.—1141 Enz ke.—1142 mos-
teruns.—1143 Cum feit torm. sunt.—1144 rove.—1146
roue auirunant. — 1148 autre encontre. — 1149 Grant
ardanz.—1150 leuanz.—1151 roue encontre.—1152 Iceus
que.—1153 unt dautre.—1154 bot.—1155 torn.—1157 por.
—1158 penduz ueir.

7

Pur la flame, e pur l'ignelesce.
En grant miseire, en grant tristesce   1160
Furent icil qui la esteient,
E qui cel turment susteneient.
Le chevalier unt entr'els pris,
Si l'unt desur la ruee mis ;
Cuntre munt le firent lever,   1165
Mais quant il deveit avaler
Si a numé le nun Jhesu :
Tut erralment delivres fu.

D'iluec le traistrent maintenant,
 sil menerent entr'els avant, 1170
 tant qu'il vit loinz une maisun
Fumuse e de trop grant façun.
Tant fu lée e de tel lungur,
Nuls ne pot choisir la grandur.

112c La le traistrent hidusement. 1175
Loinz ert de cel herbergement,
Quant la chalur senti si grant
Qu'il ne poeit aler avant.
Il s'arestut, cil le hasterent,
Purqu'il tarjout li demanderent : 1180
" Ço est uns bainz que vus veëz ;
Voilliez u nun, la enz irez.
Baigniez serrez od cels qu'i sunt,

1159 ne.—1160 miserie e en.—1162 torm.—1163 ont entre
eus.—1164 lont roue.—1165 Contre.—1167 ad nome non.
—1168 Tout errant.—1170 entre eus.—1171 kil maison.
—1172 Fumose tro façon.—1173 fud longor.—1174 gran-
dor.—1175 treistrent.—1180 Purqil lui.—1181 bains.—
1182 noillez ou non irrez.—1183 Baigniez ceus.

E qui cez bainz deserviz unt."
Mult a de cels dedenz oïz   1185
[E] granz dolurs e granz pluriz.
Quant en la maisun fu venuz,
Mulz i a durs turmenz veüz.
Li pavemenz de la maisun
Fu plains de fosses envirun,   1190
Durement lées e parfundes,
Si esteient desuz roündes.
Si pres d'altre chascune esteit,
Qu'avis unques veie i pareit.
Icez *fosses dunt nus parlum   1195
Esteient pleines, ço trovum,
De chascune lieur boillant,
E de chascun metal ardant.
Grant multitudine de gent
I a veü diversement ;   1200
De tute maniere d'eé
Iluec esteient turmenté.
112d Tut furent plungié li alquant
En cel metal chaut e ardant ;
E tels i out des i qu'as piz,   1205
E tels i a desqu'as numbriz ;

1184 ces.—1185 ad ceus.—1186 ploriz.—1187 maison
fud.—1188 ad torm.—1189 pauement maison.—1190 Fui
plain foses enniron.—1192 rundes.—1193 dautre chascun.
—1194 onques.—1195 Ices choses dont parlom. Lat. K :
Erant autem fossae singulae metallis diversis ac liquori-
bus bullientibus plene.—1196 trouom.—1197 chascon li
cor.—1198 chascon.—1200 ad.—1201 toute de hee.—1202
Iluek estoient tormentee.—1203 Tuz plunge auquant.—
1205 teus de ci cas.—1206 teus ad deskas.

Tels as quisses, tels as genuz ;
Grevuse peine i out a tuz.
Tels as jambes e tels as piez
El metal esteient fichiez ;   1210
Tels i *reteneit l'une mains,
Tels ambedui, de dolur plains.
A une voiz tuit s'escrioënt,
E pleigneient e dolusoënt.
Li diable mult cruëlment   1215
Li diënt qu'en icel turment
Serra ja mis e turmentez,
Se il ne fait lur volentez.
En un des bainz le vunt plungier ;
Dunc remembra al chevalier   1220
Del nun Jhesu qu'il apela :
De cel turment se delivra.

D'iluec le mainent u il sunt,
tant qu'il vindrent a un grant munt :
de chascun eage de gent   1225
Trova iluec asemblement.
Sur les orteilz des piez esteient,

1207 Teus teus.—1208 Greuouse.—1209 Teus gambes
teus.—1211 Teus teneient main. Lat. A: immersi erant.
. . . hii uno tantum pede, illi utroque, nonnulli manu
sola. C: alii uno pede tenebantur, alii utraque manu, vel
una tantummodo. K: alii unam manum vel utramque
in eis tenebant.—1212 Teus ambdui plain.—1213 tuz ses-
crioient.—1214 pleignoient dolusoient.—1215 diables cru-
element.—1216 Lui ken torm.—1217 torm.—1218 Sil.—
1219 E baigns uont plunger.—1220 au cheualer.—1221
non kil.—1222 torm.—1223 ou.—1224 kil.—1225 age.—
1227 ortilz.

Curbé e nu, grant peine aveient.
Si grant pueple out desur cel munt,
Que s'il n'eüst plus gent el munt, 1230
113a Ço li ert vis, bien suffireit
Icist pueples que il veït.
Si cume genz mort attendanz,
Vers aquilun erent turnanz.
Li chevaliers s'esmerveilla 1235
De cele gent qu'il esguarda :
Kar il esteient altresi
Cum s'il demandassent merci.
Uns diables li demanda
Pur quei de cels s'esmerveilla, 1240
Qu'il vit atendre od tel poür,
En [tel] peine e en tel labur?
"Altretel vus estuet suffrir,
S'a nus ne vus volez tenir.''
Li chevaliers mot ne respunt. 1245
Lever le quident sur le munt,
Quant devers aquilun [i] vint
Uns venz qui grant tempeste tint,
Qui tut ensemble les leva
Horriblement, puis sis jeta 1250
En un flueve freit e puant,
D'altre part le munt guaimentant.
En cel turment e en cel cri
Ert li chevaliers altresi.

1228 Curbes nuz.—1232 quil.—1233 gent.—1234 aquilon
tornanz.—1237 autresi.—1239 lui.—1240 ceus.—1243 Au-
tretel estot.—1247 aquilon.—1249 tuz.—1251 floue.—1252
Dautre.—1253 torm.—1254 cheualers autresi.

La lur cuvint grant freit suffrir ;   1255
Cum il voleient sus venir,
Li diable les rebutouent,
Od cros de fer enz les plunjouent.
113b Li chevaliers se remembra ;
Le nun Jhesu Crist reclama.   1260
De l'altre part fu en estant
Desur la rive maintenant.

Puis sunt li diable venu
       a lui, sil traistrent vers le su
       tant qu'il vit une flame oscure,   1265
Sulphrine e puant sanz mesure.
De chascun eage de gent
Vit lever od l'embrasement :
Homes ardanz cum estenceles
Qui hors del feu issent noveles.   1270
En l'air muntoënt, puis chaïrent
Ariere el feu dunt [il] eissirent,
El liu ardant e en poïr,
E en tristesce e en dolur.
Cum cest liu durent aprismier,   1275
Si parlerent al chevalier :
" Veëz vus cest puiz flambeiant ?
C'est l'entrée d'enfer ardant.
Ici est nostre mansiuns :
Finablement ça enz serruns.   1280

1255 couint freif.—1257 rebot.—1258 crocs.—1260 non.
—1261 lautre fuit.—1265 kil.—1266 sans.—1267 chascune
age.—1269 homes.—1270 eissent.—1271 montoient.—1273
puur.—1275 aprimier.—1277 pui flambant.—1278 lentre.
—1279 mansions.

Pur ço que servi nus avez,
Ensembl'od nus ça enz serrez.
E tuit cil qui nus servirunt,
Tuz jurs sanz fin ci remeindrunt.
Si dedenz cest puiz vus metez,   1285
E cors e alme perirez.

113c Ça enz vus estuvra venir,
S'a nus ne volez obeïr.
Se mielz amez a returner,
Ariere vus feruns mener,   1290
Sein e salf sanz blemissement ;
Si purrez vivre lungement."
Tant s'afia en Jhesu Crist
Que lur cunseil e els despist.
Dedenz saillent li adversier,   1295
Od els traient le chevalier.
Tant fu de cel turment hastez
Pur poi qu'il ne s'ert obliëz
De numer le nun sun seignur ;
Puis le numa par grant dulçur.   1300
Quant Jhesu Crist out reclamé
La force del feu l'a levé
Od les altres en l'air en haut ;
Mult ot iluec perillus saut !
De juste cel puiz avalunt ;   1305
Une piece suls i estout.

1281 ke.—1282 Ensemblement ens.—1284 tous sans.
—1285 pui.—1287 ens estoura.—1289 mieuz.—1290 Arere
ferons.—1291 sauf sans.—1292 porrez longement.—1294
conseil ens.—1295 aduerser.—1296 ens cheualer.—1297 fud
torm.—1298 kil.—1299 nomer non.—1300 noma.—1302
lad.—1303 autres.—1305 pui.

Mult s'esmerveilla u il fu.
Diable sunt a lui venu
Qui li erent descuneüz,
Altre que cil qu'il out veüz.   1310
Al chevalier parlerent si :
" Estes vus ore suls ici ?
Nostre cumpaignun vus mentirent
Qui pur veir entendre vus firent

113d   Que l'entrée d'enfer fu ci :   1315
Sachiez que il vus unt menti.
De ço sunt il bien custumier,
Pur ço qu'il voelent engignier
La gent par mençunge e atraire,
Quant il par veir nel poeent faire.   1320
Ci n'est mie la dreite entrée
D'enfer qu'il vus orent mustrée.
Mes sachiez bien la vus merruns :
Le dreit enfer vus musterruns."

Tant le traistrent qu'il *ariverent   1325
   a une ewe qu'il li mustrerent,
   horrible e parfunde e puant :
La oït criz e noise grant.
Cele ewe esteit tute embrasée
De flame sulphrine od fumée ;   1330

1307 ou.—1309 Qe lui desconeuz.—1310 Autres kil.—
1311 Au.—1313 *compaignon.*—1314 Qi.—1315 lentre fud
ici.—1316 Sachez kil ont.—1317 costumer.—1318 kil
uolent engigner.—1319 mençonge atrere.—1320 poent
fere.—1322 kil.—1323 sachez.—1324 mosteruns.—1325 kil
leuerent. Lat. CK : peruenerunt ad flumen unum.—1326
kil lui most.—1327 horible parfund.—1329 estoit toute.

Cele ewe ert de diables pleine,
Od lur turment e od lur peine.
Cil quil menerent distrent tant :
" Veëz vus la cel flueve ardant ?
Des puiz d'enfer ist cele ardurs,   1335
U nus dampné serrum tuz jurs.
Par desur cele ewe a un punt
Mult perillus a cels qu'i vunt.
Sur cel punt te euvient aler :
Nus i feruns le vent sufler   1340
Qui del grant munt jus portera,
En cest flueve vus abattra,
114a Tut issi cum il vus ravi
En l'altre flueve e abati.
Noz cumpaignun vus recevrunt,   1345
El puiz d'enfer vus *plungerunt.
Le punt vus estuet espruver
Cum vus purrez ultrepasser."
Il [le] leverent cuntre munt,
Les piez [li] metent sur le punt.   1350
Treis periz i aveit trop granz,
Desur le punt as trespassanz :
Li premiers ert escolurjables :
Nuls n'i tenist ses piez estables,

1331 Cel.—1332 torment.—1333 kil.—1334 flue.—1335
cel.—1336 Ou dampnez serron.—1337 cel ad pont.—1338
ceus qi uont.—1339 pont couient.—1340 frons soufler.—
1341 Qi mont porta.—1342 E en floue abatta.—1344 lautre
floue.—1345 Nos compaignons receuront.—1346 receuront
(*Cf. Note to l.* 1346). —1347 pont esprouer. —1348 porrez ou-
trep.—1349 contre mont.—1350 pont.—1351 perilz grant.
—1352 pont trespassant.—1353 escolurgables.—1354 Nus.

Tut i eüst il grant laür ;   1355
Ne fust la force al Creatur !
D'altre part li punz esteit tels :
Si estreiz que nuls hum mortels
Pur nule rien ne se tenist,
Ço li fu vis, qu'il ne chaïst.   1360
Li tierz esteit desmesurez :
Que li punz ert si haut levez
Del floeve, qui esteit ardanz,
Mult ert hidus as trespassanz
Qu'il ne chaïssent cuntre val   1365
El dolurus puiz enfernal.
Iluec li dïent li diable
Qui sunt felun e decevable :
" E encore te larruns nus,
Que tut te tenisses a nus.   1370
114b   A la porte te remerruns
U tu entras, hors te mettruns."
Al chevalier a remembré
De quel peril Deus l'out jeté :
Le nun Jhesu Crist reclama ;   1375
Pas avant altre avant ala.
Tant cum il plus ala avant,
Le plus s'ala asseürant,
Kar li punz li ellargisseit
Des dous parz si qu'il le veëit.   1380

___

1356 au.—1357 Dautre ponz teus.—1358 estreit ke nus
hom morteus.—1360 kil.—1361 terz demesurez.—1362 lun
puz.—1363 floue.—1365 Qil contre.—1366 dolrus.—1367
lui.—1368 felon.—1369 encor loruns.—1371 remenrons.—
1372 Ou mettrons.—1373 ad.—1375 non.—1376 autre.—
1377 alad.—1378 E plus salad.—1379 ponz lui.—1380
E de parz kil.

Tost fu li punz si eslaissiez,
Qu'uns chars i pout aler chargiez ;
Un poi apres fu si creüz,
Si dous chars i eüst venuz
Bien se poïssent encuntrer,   1385
E largement ultrepasser.
Li diable quil la menerent
Furent el flueve e esguarderent
Cum il passa seürement.
Dunc crient tant hidusement   1390
Que li airs remut e la terre ;
Greignur peril n'estuveit querre !
Greignur poür out de cez criz
Que des periz qu'il out sentiz.
Altres diables vit parfunt,   1395
Qui jetouent lur cros amunt
De fer, que crochier le voleient ;
Mes a lui tuchier ne poeient.
114c Ultre le punt delivrement
Passa puis, senz encumbrement.   1400

L i autors nus fet ci entendre
    que nus devum essample prendre
      del grant turment qu'avez oï,
Dunt li livre nus cunte ci ;

1381 pont esleissiez.—1383 fud. Lat. K: via erat ita
larga, ut sibi in ea obviarent duo carra.—1385 encontrer.—
1386 outrep.—1387 qui.—1388 e floue esgarderent.—1391
Qe eirs.—1392 Greignor nestoueit.—1393 Greignor ces.
—1394 perilz kil.—1395 Autres parfont.—1396 Qi crocs
amont.—1397 k (*crossed*) crok (*k crossed*).—1398 toucher.
—1399 Outre pont.—1400 encomb.—1402 deuom.—1403
des tormenz.—1404 Dont liures.

E des miseires qui ci sunt,   1405
E des granz peines de cest munt.
Si cez peines esteient mises
Cuntre les altres e assises,
N'i avreit il cumparisun,
Plus de [li] aigle e del pinçun.   1410
Tels sunt les peines enfernals,
E les mesaises e *li mals,
Que nuls nes purreit anumbrer
Plus que gravele de la mer.
Qui de ço pensereit suvent   1415
Ne se delitereit nïent
En la vanité de cest munt,
Ne es delices qui i sunt.
Mes li cloistrier ne sevent mie,
Qui quident aveir dure vie   1420
Pur ço qu'il sunt enclos dedenz,
Quels est la peine e li turmenz,
Qui sunt es lius dunt nus parlum,
E dunt devant mustré avum.
Se cele vie remembrassent,   1425
Sur tute rien la lur preisassent ;
114d Plus est legiere, ço me semble,
U cors e alme sunt ensemble,
Vie senz curioseté
U dras e vivrë a plenté,   1430

1405 miseries que.—1407 ces.—1408 Contre autres.—
1409 avereit comparison.—1410 egle pincon.—1411 Teus
enfernaus.—1412 meseises les maus.—1413 porreit.—1414
ke.—1415 Qi souent.—1418 que.—1419 cloistrer.—1420 Qi.
—1421 kil.—1422 tormenz.—1423 Qi parlom.—1424 mos-
tre auom.—1426 preissasent.—1428 Ou.—1429 coriosete.
—1430 Ou ad.

Que n'est cele u tant a mesaise,
Il n'i a rien qui ne desplaise.
Pur ço vus voeil amonester
Que des turmenz *devez penser,
E si aidiez a voz amis   1435
Qui laienz sunt en peine mis,
Si cum fu dit al chevalier.
Cil qui la sunt pur espurgier
Serrunt de peines delivré,
Fors cels qui sunt del tut dampné.   1440
Cil que par lius vit en turment
Ierent delivres veirement
Par messes e par oraisuns,
E par almosnes e par duns,
Qu'um dune a povre gent pur els.   1445
Tuit ierent delivré fors cels
Qui en la buche d'enfer sunt ;
James de Deu merci n'avrunt.
Es altres turmenz sunt noz pere,
Meres, sorurs, parent e frere ;   1450
Attendanz sunt a noz bien faiz,
Tant que d'iluec les ait Deus traiz.
Ses vissiuns corporelment
Ci entre nus suffrir turment,

1431 ou ad meseise.—1432 ad que despleise.—1433 uoil.
—1434 tormens deies.—1435 aidiez uos.—1436 Qi lainz.—
1437 come fud au chevaler.—1438 espurger.—1439 Serront
deliurez.—1440 ceus dampnez.—1441 Ceus qi torm.—1442
Erent.—1443 oreisons.—1444 almones dons.—1445 Quom
done eus.—1446 erent for ceus.—1447 bouche.—1449 au-
tres tormenz nos peres.—1450 sorus parenz freres.—1451
nos feiz.—1452 ke treiz.—1453 ueissons.—1454 torm.

115a   Trop grant laidesce feriuns,   1455
Se nus ne lur aidissiuns.
Greignur mestier en unt il la
Que s'il fussent entre nus ça.

Seinz Gregoires testimonie,
qui parole de cele vie,   1460
qu'icil qui de cest siecle vunt
E en l'espurgatoire sunt,
Qu'il sunt alegiez par icels
Qui almosne e bien funt pur els.
Mult est granz mals quant en l'iglise   1465
Devum esculter lur servise,
Que plus volum a el entendre
Qu'a Deu pur els preïere rendre.
Ço diuns pur cels chastïer
Qui s'en issent hors del mustier   1470
Quant hum dit des morz le servise ;
Ester devreient en l'iglise
E prïer mult devotement
Que Deus alejast lur turment.
Tels i a qui delivres sunt :   1475
Ço sunt cil qui plus tost s'en vunt ;
E s'il s'esteient remembré
De ço dunt nus avum parlé,
Icil en eüssent poür

_____

1455 leidesce ferions.—1456 aidissons.—1457 ont.—1458 fuissent.—1459 Seint.—1461 Qicil nont.—1462 sont.—1463 alegez iceus.—1464 font eus.—1465 grant.—1466 Deuom escouter.—1468 Qa eus priere.—1469 dions.—1470 Qi isent.—1471 hom mors.—1474 alegast torment.—1475 ad. —1477 estient.—1478 auon.—1479 Cil.

De la peine e de la dolur 1480
Que cil chaitif sanz fin avrunt ;
E des joies u cil irunt
115b Qui servirent lur creatur
En dreite fei e par amur.

Cist chevaliers dunt ai parlé, 1485
puis qu'il aveit le punt passé,
tut delivres ala avant.
Devant lui vit un mur si grant
Haut de la terre en l'air amunt.
Les merveilles qui del mur sunt 1490
Ne purreit nuls cunter ne dire,
Ne l'ovraigne ne la matire !
Une porte a el mur veüe,
Bien l'a de loinz aparceüe.
[De] precius metals fu faite, 1495
E gloriusement purtraite :
Pursise esteit de bones pieres,
Mult preciuses e mult chieres.
Li chevaliers s'esmerveilla
De la porte qu'il esguarda, 1500
Pur la clarté qu'ele rendeit
Qui des chieres pieres eisseit.
Mult se hasta de la venir ;
Cuntre lui vit la porte ovrir.
Demie liue ert loinz e plus ; 1505

1481 auront.—1482 ioes ou irront.—1483 Que.—1485
cheualers dont.—1486 kil pont.—1489 leir.—1490 que.—
1491 porreit.—1493 ad.—1496 gloriosement portr.—1497
Porsise estoit peres.—1498 precioses cheres.—1500 E de
kil.—1501 kele.—1502—cheres pierres.—1504 Contre.

Quant vers la porte aprisma sus,
Si senti une tel odur,
Tant dulce e si bone flairur,
Si tutes les riens de cest munt
Qui unques furent ne qui sunt   1510
115c Fussent aromatizement
N'ateindreit il a ço niënt !
A la dulçur que il senti,
Qui tut le cors li repleni,
Tut en recuvra sa vertu,   1515
Del turment qu'il aveit eü.
Avis li fu par cele odur
Que tute perdit sa dolur.

Quant la porte vint aprismant,
    un païs vit resplendissant.   1520
    la enz aveit greignur clarté
Que li soleilz n'a en esté.
Mult i cuveita a entrer ;
Beneürez esteit cil ber
Qui tant out fait e deservi   1525
Qu'*encuntre [lui] tel porte ovri.
Cil nel volt mie deceveir
Qui cel estre li fist veeïr :
Bien a empli sun grant desir,
Qui en tel liu le fist venir.   1530

1506 aprima.—1508 douz flerur.—1510 onques.—1511
fuissent.—1512 natendreit.—1513 douecr quil.—1514 Qe
lui.—1515 recoura.—1516 torment.—1517 fud cel.—1518
Qe.—1520 pas (*See Note to this line*).—1522 soleils nad.—
1523 coueita.—1526 Que entre. Lat. K : Beatus vero miles
cui talis venienti patuit porta.—1528 Qi lui.—1529 ad.—
1530 Qi lui.

Encore esteit loinz de la porte
    quant il veit croiz que l'um aporte,
    palmes orines, ço trovuns,
Chandelabres e gunfanuns.
Genz erent de religiun   1535
Qui firent la processiun.
Ço li ert vis qu'en tut le munt,
De cels qui furent ne qui sunt,
115d Ne fu unques itels veüe,
Ne si honestement tenue.   1540
De chascun eage de gent,
E de chascun ordre ensement
Vit formes d'humes e semblanz ;
Mult ert la cumpaignie granz.
Vestu furent diversement   1545
Solune l'ordre qu'a els apent :
Li un erent cum ercevesque,
E li altre erent cum evesque ;
Li un abbé, li altre moigne
E prestre e diacne e chanoigne,   1550
E subdiacne e acolite
E laie genz a Deu eslite.
En tel forme e en tel semblant
Furent vestu aparissant
Cum il furent, n'en dutez mie,   1555

1532 uit creiz lon. Lat. K : egressa est contra eum cum
crucibus et vexillis . . processio, etc.—1533 trouons.
—1534 gomfanons.—1535 Gent religion.—1536 procession.
—1537 lui ken.—1538 ces qi.—1539 fud tele.—1541
aage. — 1543 domes. — 1544 comp. — 1545 uestuz. — 1546
Solun qa eus. — 1547 arcenesque. — 1548 autre. — 1549
autre.—1552 gent.—1555 dotez.

8

El Deu servise en ceste vie.
Cuntre le chevalier alerent,
Sil reçurent, enz le menerent
Od dulz chant e od melodie
E od le sun de l'armonie.   1560
Quant il orent fini lur chant,
Dui ercevesque vunt avant,
Si li mustrerent le païs,
Tuz les estres e le purpris.
Apres parlerent dulcement   1565
E distrent al cumencement :
116a " Beneëiz seit li reis de gloire
Que il t'a duné la victoire,
Que surmunté as les diables
E lur turmenz nun cuvenables,   1570
E que si estes ci venuz
E en tel joie receüz."
Il le menerent sus e jus ;
Tant i vit bien ne poeit plus.
En cel païs vit tel clarté   1575
Qu'a grant peine l'a esguardé :
Si cume li soleilz le jur
Tolt as esteiles lur luur,
Issi toldreit, ço li ert vis,
La granz clartez de cel païs   1580
Al soleil tute sa luur

1557 Contre cheualer.—1559 duz od duz melodie.—
1560 son la romonie.—1562 arceuesque uont.—1563 Se lui
mostr.—1564 porpris.—1565 Pres doucement.—1566 au
comen.—1567 Beneit rois.—1568 Qui done.—1569 Qe sor-
monte.—1570 torm. couenables.—1571 ke.—1572 E au.—
1576 Qa lad.—1577 le soleil.—1579 lui.—1580 grant clarte.
—1581 tote.

Quant a greignur resplendissur !
Il ne pot veëir la grandur
Del païs u tant a dulçur,
Fors de la porte u il entra   1585
En tant, cum hum li enseigna.
Si cum uns prez fu cist païs,
De flurs e d'arbres plenteïs :
Herbes i out de bone odur
E gentiz fruiz de grant valur.   1590
Tant aveit le quer repleni
De la dulçur que il senti,
Que ço li esteit bien avis
Qu'il en poeit vivre tuz dis.

116b En cel champ a si grant clarté,   1595
N'i puet aveir nule obscurté.
La clartez del ciel i resplent
Niënt escolurjablement.
De tute maniere d'eé
I vit genz a si grant plenté   1600
Qu'il cuidout bien que nuls vivanz
El munt n'en peüst veëir tanz !
Par cuvenz esteient partiz
Par lius en joie e en deliz ;
E nepuroec quant il voleient,   1605
De l'un liu a l'altre veneient.

1582 Quant il ad.—1583 puet neer. Lat. CK : ultra vi-
dere quae vides . . non potuit.—1584 ou ad.—1585
ou.—1586 hom.—1587 fust.—1588 flors de arbres.—1590
gentilz.—1592 quil.—1593 lui.—1594 tut.—1595 ad.—1596
pot nul.—1597 clarte.—1598 escolurgablement.—1599 de
hec. — 1600 gens. — 1601 ke. — 1602 mund ueir. — 1603
couenz.—1605 nepuroc.—1606 autre.

Grant joie orent communement,
Li un des altres veirement,
E de la visitaciun
Qu'entr'els feseient envirun.   1610
U qu'il fussent, par grant dulçur,
Firent loënge al Creatur.
Si diverseit lur vesteüre
Cum les esteiles par figure
Se diversent en lur luur :   1615
L'une mendre, l'altre greignur.
Li un l'orent tute d'or fin,
E li altre, vert u purprin ;
Li un de jacintes colurs,
Bloies u blanches cume flurs.   1620

C ist Oweins sont de cele gent,
    par la forme del vestement,
116c   de quel mestier orent esté,
En quel mestier orent finé.
Si cum variout la colurs,   1625
Aveient diverses luurs.
Colurs de gloire apparisseit
Sur tuz les dras qu'il i aveit.
Li un alouent coruné
Cume rei e si aturné ;   1630

1607 communement.—1608 autres uereiment.—1609 uisi-
tacion.—1610 fesient enuiron.—1611 Ou kil fuissent dou-
cur.—1613 nesture.—1614 esteilles.—1615 Si.—1616 lautre.
—1617 uns.—1618 autre ou porprin.—1619 uns iacinte
colur.—1620 Bloie ou flur.—1621 sont genz. Lat. K: For-
ma enim vestis novit miles.—1622 des uestemenz.—1624
E en.—1625 come les.—1626 diuers.—1627 Colur.—1628
kil.—1629 uns corone.—1630 atorne.

OF MARIE DE FRANCE

Li un portouent en lur mains
Palmes orines, flurs e rains.
Tant fu cil estres delitables
Al chevalier e si mirables,
De la dulçur e del repos   1635
Qu'il vit la enz, dedenz cest clos,
E des dulz chanz qu'il entendi
A la Deu loënge e oï.
Chascuns en sei s'esjoïsseit
De la joie que il aveit :   1640
Pur ço que de l'espurgatoire
Esteient amené en gloire.

Cist païs ert si repleniz
  de la grace Deu e guarniz,
  que bien porent estre peüz   1645
E de *tel grace sustenuz.
Plusurs maisuns [i] ont la enz,
E mulz cumpaignies dedenz ;
Chascune aveit a grant plenté
La celestiëne clarté.   1650
116d Tuit cil qui le chevalier virent
Lur Creatur beneësquirent
Pur lui qui ert entr'els venuz,
Cum lur frere de mort eissuz.
La grant leësce a bien veüe   1655

1631 uns.—1632 flors.—1633 fud.—1637 duz kil enten-
dit.—1638 Al oit.—1639 Chascun.—1640 kil.—1641 ke.—
1642 amenez.—1644 garniz.—1645 porrent.—1646 cele.—
1647 Plosurs maisons.—1648 *compaignies.—1650 De la.—
1651 chevaler.—1652 benesquirent.—1653 entreus.—1654
Cume.—1655 ad.

Que tuit firent de sa venue.
Li dulz chanz e la melodie
Des seinz Deu est dedenz oïe.
La enz n'out trop chaut ne trop freit,
Ne rien qu'amenuisance seit :   1660
Quant qu'il i out esteit plaisable
E paisable e tut acceptable.
En cel repos beneüré
Vit de joie si grant plenté,
Que nuls qui en cest siecle seit   1665
Savoir ne cunter nel purreit.
Or nus doint Deus ço deservir
Qu'a cez joies puissuns venir !

Quant li chevaliers out veü
      cele grant joie e cel salu,   1670
      li ercevesque le menerent
Un poi en sus, a lui parlerent :
" Beals frere, ore as ici veü
Le desirier qu'avez eü :
Les granz turmenz e les dolurs   1675
Avez veü des pecheürs,
E les deliz e les repos
Des bons qui sunt dedenz cest clos.
117a Beneëiz seit qui te duna
Cest purpos e si aferma ;   1680
E que tu poïs endurer

1657 duz chant. — 1660 que amenusance. — 1661 kil
pleisable. — 1662 peisable. — 1665 ken. — 1666 conter por-
reit. — 1667 Ore. — 1668 Ka ces puissons. — 1671 erceueske
li. — 1673 Biau. — 1674 desirer. — 1675 tormenz. — 1679
Beneiz dona. — 1680 affirma. — 1681 ke.

Les granz turmenz a trespasser
De l'espurgatoire u tu fus,
E par sa grace venis sus.
Par Deu estes ci amenez :   1685
Des choses que veü avez
Nus diruns la segnefiance ;
Aïez en Deu bone esperance.
Icist païs e icist estres,
Sachiez c'est Paraïs Terrestres,   1690
Dunt Adams fu pur ses pechiez
Jetez e si fu eissilliez
En miseire e en amerté
El munt u li hume sunt né,
Puis qu'il fu inobediëns   1695
E ne tint mie le desfens
Sun creatur, qui l'out formé,
E manja le fruit devehé ;
Ultre ço ne pout il veëir
Cez granz *joies, ne ci maneir.   1700
Einz veëit il sun creatur
E a lui parla par dulçur ;
Les angeles poeit il veëir,
Ensemble od els grant joie aveir.
Hors fu jetez de cest païs   1705
Par sun pechié, cume chaitis ;

1682 tormenz. — 1683 ou. — 1687 dirrons senefiance. —
1689 cist estres.—1690 Sachez ke ço paradis.—1691 Dont
fud.—1692 Getez fud eissillez.—1693 miserie.—1694 mund
ou home.—1695 kil fut.—1696 nen defens.—1698 manga.
—1700 Ces riues cil maneeir. Lat. K : celica gaudia .
. . ultra videre non potuit.—1703 angles ueir.—1704
ensemblement.—1705 fud iete.—1706 come.

117b   Aneire perdit la clarté
        Del ciel par sa maleürté.

" De sa char sumes nus tuit né
        en miseire, en chaitiveté ;   1710
        mes par la fei nostre seignur
Jhesu Crist, nostre creatür,
Que par baptesme receümes
De dreite creance e cümes,
Sumes en cest païs venu   1715
Par la Deu grace e receü.
Par seint espirit entenduns
D'altre vie, mes ne poïns
Saveir le tut certeinement ;
Adams le sout veraiement.   1720
Mes pur iço que nus pechames,
E de pechié nus encumbrames,
Le nus estuet espeneïr
Einz que ici puissuns venir :
Estrë en l'espurgaciun   1725
Solunc iço que fait avum.
La penitence que preïmes,
Que devant la mort ne feïmes,
En cez lius la nus estut faire
Par unt [vus] cüstes repaire.   1730
Vus veïstes [tuz] les turmenz

1710 cheitiuete.—1715 uenuz.—1716 receuz.—1717 es-
perit entendons.—1718 Dautre.—1719 certeinment.—1720
ueraiment.—1721 co ke.—1722 encomb.—1723 estut es-
penir. — 1724 ke ci puissons. — 1725 espurgacion. — 1726
Selunc co ke auon.—1727 ke.—1728 Qe.—1729 ces feire.
—1730 repeire.—1731 tormenz.

As chaitis qui furent dedenz :
Tels as greignurs, tels as menurs,
Solune les oevres des plusurs.

117c Cil qui plus pechierent el munt   1735
Greignurs turmenz iluec avrunt.
Tuit cil qui sunt es granz turmenz
Que vus veïstes la dedenz,
A nus vendrunt, bien le sachiez,
Quant il ierent tut espurgiez ;   1740
Fors cels qui el puiz d'enfer sunt—
James de cel turment n'istrunt !
Chascun jur vienent ci a nus
Cil qui des peines sunt rescus ;
A grant joie les recevum   1745
Od mult bele processiun.
Puis sunt od nus dedenz cest clos,
En grant joie e en grant repos.
Cil qui el munt sunt espurgié
De lur pechiez e alegié   1750
Trespasserunt legierement
L'espurgatoire e le turment :
Hastivement a nus vendrunt,
Al plaisir Deu i remaindrunt.
Nuls de cels qui en peine sunt   1755
Sevent cum bien il i serrunt,
Ne cum bien il i unt esté ;
C'est tut en la Deu volenté.

1733 menors.—1734 Solum oures plusors.—1735 pecche-
rent.—1736 tormenz.—1737 en tormenz.—1739 uendront.
—1740 erent tuz.—1741 for cil puz.—1742 torment.—1743
Chascon.—1745 receuon.—1746 procession.—1749 mund
espurgiez.—1750 alegiez.—1752 torment.—1755 ceus.

Quant hum fait pur els oraisuns,
Messes e almosnes e duns,   1760
Lur turment sunt amenuisié,
U del tut en sunt alegié :
117d   U l'um alege lur dolurs,
U l'um les *remet en menurs.
Quant il sunt tut hors de turment   1765
A nus vienent joïssantment.
Il ne sevent quant il i sunt
Cum bien il i demurerunt ;
Ne nus meïsmes ne savuns
Cum bien demurer i devuns.   1770

" Si cum li chaitif en turment
      sunt travaillié plus lungement
         pur les granz pechiez que il firent,
Tant cum il el siecle vesquirent,
Si sunt li altre meins pené   1775
Qui meins firent d'iniquité ;—
Si est de nus qui sumes ci :
Solunc ço qu'avum deservi,
Devuns ici plus demurer,
Einz [a] greignur joie munter ;   1780
Que tut serruns nus delivré
De tutes peines e salvé.

1759 hom eus oreisons.—1760 almones dons.—1761 tor-
menz amenusez.—1762 Ou aleggez.—1763 Ou lom.—1764
Ou lom met. Lat. K : aut de ipsis tormentis in minoribus
transferuntur. — 1765 torment.—1768 demorrunt. — 1769
meimes sauons.—1770 demorer deuons.—1771 cume tor-
ment.—1772 trauaille longement.—1773 kil.—1775 autre.
—1776 de iniq.—1778 Selunc kauom.—1779 Deuons
demorer.—1781 seuns deliurez.—1782 totes saluez.

Ne poüns nus mie uncore estre
A la grant leësce celestre.
Vus veëz bien que sanz dolur   1785
Sumes ici en grant dulçur ;
En mult greignur joie vendruns,
Mes quant ço iert, uus nel savuns.
Nostre cumpaignie descreist
Chascun jur, si cume ele creist ;   1790
118a Li espurgié vienent ici
E li altre, si cum jo di,
Vunt de cest paraïs terestre
Des i qu'en paraïs celestre.''

L i ercevesque qu'iluec sunt   1795
le menerent en un haut munt,
e li diënt que il turnast
Ses oeilz amunt, si esguardast,
Si lur *desist de quel colur
Li ciels esteit en sa luur ?   1800
Il lur respundi maintenant
Qu'il resemblout or flambeiant.
De si grant clarté fu espris
Que tuz ardeit, ço li ert vis.
''Ço est l'entrée, beals amis,   1805
Del celestiën paraïs !
Quant alcuns deit de nus turner

1785 ke.—1787 uendrons.—1788 ert sauons.—1789 compaignie.—1790 ior.—1791 espurgiez.—1792 autre cume ioidi.—1793 Uont.—1794 De ci ken.—1795 arceueske qui iluec.—1796 Li.—1797 lui kil tornast.—1798 oilz.—1799 Ne diseit.—1800 ciel.—1802 flambeant.—1803 fud.—1804 Qe lui.—1805 lentre biaus.—1806 De.—1807 aucuns torner.

Par cele porte deit entrer.
Sachiez que par iluec s'en vunt
Cil qui el ciel muntent amunt.   1810
De viande celestïel
Nus peist nostre sire del ciel ;
Une f'ïée chascun jur,
Par sa grace e par sa dulçur.
Ja gusterez ensemble od nus   1815
La viande qu'il dune a nus."

A vis unques aveit ço dit
quant li fus del seint espirit
descendi del ciel, li fu vis,
118b
E raëmpli tut le païs,   1820
E si cum li rai del soleil
(Bien le puet hum veëir de *l'oeil !)
Les chies de cels enviruna,
Dedenz els se mist e entra.
Li chevaliers, ne dute mie,   1825
En reçut od els sa partie.
Si grant joie e si grant delit
Out en sun quer e si parfit
De cel dulçur, qu'il ne saveit
U morz u vis quels il esteit !   1830
Mes cele hure est tost trespassée,
Que tel grace lur est dunée.
De tel viande sunt peü

1809 Sachez ke iluek uont.—1810 montent amont.—
1813 fie chascon.—1815 ensemblement.—1816 kil   donc.
—1817 unkes.—1819 descendit co lui fud.—1820 raampli.
—1821 cume.—1822 hom ueer defoil. (See Note to this line.)
—1823 chiefs enuirona.—1824 enls.—1826 eus.—1829 E
kil.—1830 Ou ou uifs.—1832 donee.—1833 peuz.

Cil qui el ciel sunt receü.
Li chevaliers, se il poïst,   1835
Tuz jurs senz fin i remansist.
Apres cele tres grant leësce
Qu'il a cüe, avra tristesce.
Li ercevesque maintenant
Al chevalier disoient tant :   1840
" Des or poëz bien repairier.
Veü avez tun desirier :
Les granz joies de paraïs
E les granz peines des chaitis.
Par la veie vus en irez   1845
Dunt vus estes ça enz entrez ;
118c   S'el siecle vivez leialment,
Seïez seürs certeinement,
Apres vostre mort [vus] vendrez
En la joie que vus veëz.   1850
Si vus vivez de male vie—
Deus doint que vus nel faciez mie—
A cez turmenz que vus savez
Pur espurgier repairerez.
Hastez vus tost aler d'ici ;   1855
Bien sachiez qu'i li enemi
Ne vus purrunt mie aprismier,
Ne par turment niënt blescier."

1834 receuz.—1835 si.—1836 sen.—1838 ad.—1839 arceu-
eske.—1840 discint.—1841 ore repairer.—1842 Ueu en
desirer.—1845 irrez.—1847 Si el leaument.—1848 Siez
seur.—1850 ueiez.—1852 ke ne facez.—1853 ces tormenz.
—1854 reperirez.—1856 sachiez ki.—1857 porrunt apres-
mer.—1858 torment blescer.

L i chevaliers plure e suspire ;
as evesques cumence a dire   1860
qu'il ne s'en volt nïent partir,
Kar ne quide james venir
Pur les grevus pechiez del munt,
Qui encumbrent cels qui [i] sunt :
" Ne sai que me remaint ici,   1865
Si cum jo sui, par Deu merci.''
Li dui ercevesque unt parlé :
" N'iert pas, frere, a ta volenté.''
Hors a la porte l'unt mené ;
A Jhesu Crist l'unt cumandé ;   1870
La porte cloënt, il s'en va
Parmi les lius u il passa.
Quant li diable le veïent
Huntus erent, si s'en fuïent.

118d   N'aveit dute de nul turment,   1875
Ne n'en senti blemissement.
Al palfis vint qui est mirables,
U il vit primes les diables.
Dedenz entra, puis s'asist jus ;
Merveilla sei, ne poeit plus,   1880
De l'ovraigne de la maisun.
Apres ço vindrent li barun,
Qui einz orent a lui parlé.
Si l'unt de part Deu salué ;

1860 cueskes comence. — 1861 uont. — 1863 greuous.
— 1864 encombre ces. — 1865 ke. — 1866 cume. — 1867
arceueske.—1868 Nert.—1870 lun comande.—1872 ou.—
1875 doute torment.—1877 paufis uont. Lat. AK : cum
intraret in aulam.—1878 ou.—1879 sentra.—1881 ouer-
aigne maison.—1882 baron.—1883 enz.—1884 par.

Deu loërent e sa puissance,   1885
Qui en si ferme parmanance
L'ont fait ester e meintenu,
Par quei le diable ont vencu ;
E qu'il ert de tuz ses pechiez
E delivres e espurgiez.   1890
" Beals frere chiers, or vus hastez,
Delivrement vus en alez,
Que vus ne sciez ci surpris.
Il adjurne en vostre païs ;
Li priurs iert encuntre vus,   1895
Qui de vus iert liez e joius :
A grant joie vus recevra,
E en l'iglise vus merra.
La porte iert apres refermée
Par unt vus eüstes l'entrée."   1900
Il reçut lur beneïçun,
Si s'en eissi de la maisun.

119a   A la porte vint de cler jur ;
encuntre lui *vit le priur
qui volentiers l'a receü :   1905
Mult fu liez quant il l'out veü.
En l'iglise le fist entrer,
E quinze jurs la demurer
En jeünes, en oraisuns,

1887 Lont.—1888 li.—1889 kil   touz.—1891 Biau chier.
—1883 Qe suspris.—1894 adiorne.—1895 *priors* ert encon-
tre.—1896 Qi ert   leez.—1898 menra.—1899 ert.—1901
beneicon.—1902 issi maison.—1904 Encontre uint.—1905
lad.—1906 fud lez.—1908 demorer.—1909 e en   orcisons.

En veilles, en afflicciuns.   1910
Puis reconta ço que il vit
E il le mistrent en escrit.
En honur Deu, sun creatur,
Croisier se fist par grant amur :
Requerre le voleit el liu   1915
U le dampnerent li Juiu.

En Jerusalem en ala
e [dunc] ariere repaira ;
a sun seignur le rei revint
E il volentiers le retint.   1920
Tut en ordre li a cunté
De sa vie la verité ;
Cunseil li quist e demanda
De sa vie qu'il en loa :
S'il deüst moigne devenir,   1925
U quel religiun tenir.
E li reis li a respundu
Chevaliers seit, si cum il fu ;
Ço li loa il a tenir,
En ço pot il Deu bien servir.   1930
119b Si fist il bien tute sa vie ;
Pur altre ne chanja il mie.

En icel tens issi avint
qu'uns des moignes de Cisteus vint
que lur abes i enveia :   1935
Par qui a icel rei manda

1910 e en afflicciuns.—1911 reconta kil.—1913 de deu.—
1914 Croiser.—1916 Ou ieu.—1917 ierlm.—1919 son.—1921
lui ad.—1923 Conseil lui.—1924 kil.—1026 Ou religion.—
1927 lui ad respundu.—1929 lui —1930 poeit.—1932 autre
changa.—1934 Ke.—1935 Qe ennea.

D'un liu qu'einceis li out pramis.
Pur ço l'aveit a lui tramis
Pur saveir u li lius serreit
U l'abbeïe fundereit.   1940
Gervaises out li abes nun :
Mult fu de grant religiun
Cil de Cisteus qui enveia
A cel rei d'Irlande e manda
Par Gilebert (un suen profes   1945
Qui fu abes puis sun deces)
De l'abbeïe qu'out pramise,
U ele devreit estre assise.
Li reis li fist le liu mustrer
U l'abbeïe volt funder.   1950
Li moignes dist qu'il ne saveit
Cument il i arestereit :
Il ne saveit ne n'out apris
Le language de cel païs.
Li reis li dist : "N'en dutez mie,   1955
Jo vus metrai en cumpaignie
Un produme e bon latimier."
Dunc apela le chevalier
119c Owein, si li preia e dist
Qu'od lui alast, si l'apresist.   1960

_____

1937 kenceis.—1939 ou.—1940 Ou.—1941 Gerueises.—
1942 fud.—1943 qi ennea.—1944 de Irlande.—1945 sun.—
1946 fud pᵉ.—1947 kout.—1948 Ou asise.—1949 lui.—
1950 Ou.—1951 moines kil.—1952 Coment.—1955 lui dou-
tez.—1956 compaignie.—1957 prodom latimer.—1958 Don
cheualer.—1959 lui peia.—1960 Kod.

9

Bien l'otreia li chevaliers
 e dist al rei que volentiers
  le servireit a sun plaisir,
Que de ço faire out grant desir.
" Veirs est, nel celer ore mie,   1965
Tant cum jo fu en l'altre vie
Vi jo, si l'ai bien en memoire,
Que cil furent en greignur gloire
De lur ordre e de lur cuvent,
Que tut le plus de l'altre gent."   1970
Issi remest od Gilebert
Li chevaliers e bien le sert ;
Mais ne voleit changier sun estre :
Moignes ne cunvers ne volt estre.
En nun de chevalier morra,   1975
Ja altre abit ne recevra.
Cil dui funderent l'abbeïe
E mistrent genz de bone vie ;
Gileberz en fu celeriers,
E Oweins fu sis latimiers.   1980
Mult par [li] fu leials serjanz,
E en tuz ses bosoinz aidanz.
Ensemble dous anz e demi
Furent e puis s'en departi.
Gileberz dit que seintement   1985

1961 lotrea.—1962 ke.—1963 pleisir.—1966 come fud
lautre.—1968 Ke.—1969 couent.—1970 tuit autre.—1971
remist.—1973 Meis changer.—1974 Moigne conuers.—1975
non.—1976 autre nen.—1979 celerers.—1980 ses latimers.
—1981 leaus serganz. Lat. K : minister fidelis et interpres
fuit ei devotus.—1982 bosoigns.—1983 dimi.—1985 Gil-
berz ke.

Viveit e mult honestement
119d   Tant cum li chevaliers i fu ;
Mult en out grant cunfort perdu.
Apres ço, par cunfessiun,
Laissierent tute la maisun :   1990
Li moigne, altre mansiun querre,
Vindrent alué en Engleterre.
Li chevaliers honestement
Remest e vesqui seintement.
Quant il morut, a Deu rendi   1995
S'alme, que bien l'out deservi.

Cist Gileberz cunta suvent
    cez choses devant meinte gent,
        pur edifier les oianz
E qu'a bien fussent entendanz.   2000
Un en i ont qui ço oï,
Duta qu'il ne fust mie issi.
Gileberz en respundi tant :
" Qu'il n'erent mie bien creant
Qui diënt qu'espiritelment   2005
Veient e nun corporelment,
(Quant il entrent en la maisun
Qu'est de Deu espurgaciun)
Les granz peines e les turmenz
Qui sunt establiz la dedenz.   2010

1987 come. — 1989 confession. — 1990 Laisserent toute maison.—1991 moine autre mansion.—1992 engletterre. —1994 remist. — 1996 ke.—1997 conta souent.—1998 Ces. —2000 ka fuissent.—2002 kil.—2003 respondi.—2004 Kil. —2005 kespiritelment.—2006 non.—2007 maison.—2008 Qe espurgacion.—2009 tormenz.

Li chevaliers tut ço desdit,
Qui tut corporelment le vit ;
En char e en os les turmenz
*Suffrit quant il fu la dedenz.
120a Se ço ne volez ottrïer, 2015
Ne ne creëz le chevalier,
Creëz mei qui de mes oeilz vi
Ço que jo vus dirai ici :

" Jo fu ja en une maisun
u out, de grant religiun, 2020
un moigne qui mult se pena
De Deu servir e mult l'ama.
Une nuit, entre le cuvent
El durtur vit apertement,
Si cum il jut e dut durmir, 2025
Les diables a lui venir,
Qui corporelment le ravirent
E del durtur le departirent,
Si que li cuvenz nel sout mie.
Tant orent de *sun [bien] envie, 2030
Treis jurs e treis nuiz l'unt tenu ;
Li cuvenz ne sout u il fu.
Puis le porterent a sun lit,
Euz le jeterent par despit

Tut flaëlé e debatu   2035
Desqu'a la mort e navrez fu.
Plaies out parfundes e granz,
Par tut le cors aparissanz.
Il meïsmes les me mustra
Apertement sil me cunta   2040
(Ço sachiez bien) qu'um ne pot mie
Saner ses plaies, e sa vie
120b Mult erent horribles e granz,
Tuz jurs noveles parissanz.
Tel plaie i out qui fu roünde   2045
E desmesurée e parfunde ;
E me dit qu'a sun plus lung deit
La parfundesce *en ateindreit.
E quant il vit la juevne gent
Gabber desordenéement,   2050
Tut apertement lur diseit,
S'il seüssent qu'els atendeit,
E quels turmenz e quel ennui,
Il ne gabbereient nului.
Quinze anz apres sis tens fini ;   2055
Jo ne l'ai pas mis en obli."

Gileberz cunta icel fait
A l'autor quil nus a retrait,

2036 Deska naure.—2040 conta. —2041 kon.—2044 iors e
parissanz.—2045 que.—2046 desmesures.—2047 ka.—2048
natendreit. Lat. AK : Fuit autem vulnerum illorum ali-
quod ita profundum ut (A : quod) longior digitus tuus in
eo posset intrare usque ad manum.—2049 ioune.—2051
Tuit.—2052 kels.—2053 tormenz.—2054 nullui.—2055 sun.
—2057 conta.—2058 kil ad.

Si cum Oweins li out cunté,
E li moignes dunt j'ai parlé :   2060
Ço que jo vus ai ici dit
E tut mustré par mun escrit.

E puis parlai j'a dous abbez :
    d'Irlande erent bons ordenez.
    si lur demandai de cel estre,   2065
Si ço poeit veritez estre.
Li uns affirma que veirs fu
De l'espurgatoire e seü
Que plusur humë i entrerent
Qui unques puis ne returnerent.   2070

120c En cel an meïsmes trovai
    un evesque a qui jo parlai.
    nevuz fu al tierz Seint Patriz
Qui cumpainz ert Seint Malachiz.
Florenciëns aveit a nun ;   2075
Il me cunta en veir sermun
Que l'espurgatoire ert assise
En s'eveschié e la fu quise.
Ententivement li enquis
Si ço fust veirs, que l'en ert vis :   2080
E il me dist : " Certeinement,
Que c'esteit veirs," e dist cument :
" Que plusur [i] entrerent ja

2059 conte.—2061 ci.—2063 io a.—2064 De Irlande.—
2067 ke.—2069 Qe plusurs homes.—2070 Qi unkes retorne-
rent.—2071 meimes.—2072 eueske.—2073 Neuoz fud seinz.
—2074 compaigns seinz.—2076 conta.—2077 Ke.—2078 E
sa euesche fud.—2079 lui.—2080 ke.—2082 Qe coment.—
20 83 Qe plusurs.

Dunt unques nuls n'en repaira.
Tels i out qui ariere vindrent   2085
E qui les [granz] turmenz sustindrent :
Tuz jurs furent plus en langur
E perdirent dreite colur,
Pur les turmenz qu'il orent la,
E [pur] l'anguisse quis greva.   2090
Si puis fussent de bone vie,
Sals serreient, ne dutez mie,
E delivres de lur pechiez,
Kar il en furent espurgiez.

"Pres de cel liu a un seint hume   2095
que nus tenuns a mult produme ;
hermites est de bone vie.
Chascune nuit, ço ne faut mie,
120d Ot les diables assembler
Entur sun purpris e parler ;   2100
Anceire apres soleil culchant,
A veüe vienent avant
E si tienent lur parlement ;
Einz le jur partent veirement.
En dementiers qu'il iluec sunt,   2105
Al maistre dïent ço qu'il funt.
Li seinz les veit apertement,
E ot lur cuntes mult suvent.

2084 unkes nul.—2085 arere.—2086 tormenz.—2089 tor-
menz qil.—2090 les anguisses kil.—2091 fuissent.—2092
dotez.—2093 pechez.—2094 espurgez.—2095 ad home.—
2096 Qe tenons prodome.—2101 couchant.—2102 uenent.
—2103 tenent.—2104 ior.—2105 kil.—2106 meistre kil.—
2108 contes souent.

A sa celle le vunt tempter,
Mes ne pueent dedenz entrer.   2110
En semblance de femmes nues
Se mustrent qui la sunt venues
Pur lui deceivre e engignier,
E faire sun propos lessier.
Par els entendi de la gent   2115
La vie des plusurs suvent."

Quant li evesques ne dist plus,
    uns suens chapeleins leva sus
    e dist : "Sire, jo cuntereie,
Si vostre cungié en avreie,   2120
Del seint hume ço que jo vi,
E ço que jo de lui oï."
Li evesques li dist : "Cuntez."
Li altre dist : "Beals sire, oëz :

"La celle u cist seinz est mananz—   2125
Cent liues loinz, lunges e granz
121a   I aveit del munt Seint Brandan,
U uns altre out esté meint an,
Qui aveit cele vie eslite,
E que l'um teneit pur hermite.   2130
Jo ving parler a cest seint hume,
E il me dist, c'en est la sume,

2109 uont.—2110 poent.—2112 mustrerent ke.—2113 en-
gigner.—2114 feire lesser.—2115 eus.—2116 de souent.
—2117 eueskes.—2119 contereie.—2120 conge auereie.—
2121 home.—2123 eueskes lui contez.—2124 autre bel
oiez.—2125 ou.—2126 longes.—2128 .Ou autre.—2130 ke
lom.—2131 home.—2132 some.

Qu'il n'out unques si grant desir
De rien qui peüst avenir,
Cum il aveit eü suvent   2135
D'a lui parler a sun talent.
Jo demandai purquei ço fu,
Que tel desir en out eü ?
' Pur ço que j'ai suvent oï
Les diables cunter ici   2140
En gabbant.'   (Trestute sa vie,
Cum hermite ne vit il mie.)
' Quant il vienent ici les nuiz,
Ço est lur joie e lur deduiz
De lui e des altres reprendre   2145
Qu'il funt a lur oevres entendre.
J'oï l'altre nuit veirement
Ço que jo vus dirai briefment :

' L'altre nuit furent ajusté
Li diable e ci assemblé,   2150
E cunterent a lur seignur
Ço qu'il aveient fait *le jur.
Avant veneient un e un ;
Li maistre d'els apela l'un
121b   E li fist une tel demande :   2155
S'aporté out point de viande ?
"Oïl," dist il, " pain e ferine,

2133 Kil.—2134 que.—2135 souent.—2139 ke   souent.—
2140 conter.—2142 heremites.—2143 uenent.—2144 lor
(deduiz).—2145   autres.—2146   Kil.—2147 lautre.—2148
dirra.—2149 Lautre.—2150 ici.—2151 conterent.—2152 kil
louur.—2155 lui   tele.—2156 Si   aporte.

Furmage e bure en ma saisine."
" E u les purchaçastes vus ? "
" Jol dirai," fait [il], " bien a vus :   2160

" ' " **D**ui clerc vindrent a un vilein,
  sil demanderent de sun pein
  par charité e altre bien ;
Il ne lur voleit duner rien ;
E si out assez guarnisun,   2165
Pain e viande en sa maisun.
*Par charité prist a jurer
Qu'il ne lur out rien que duner ;
E pur ço qu'il se parjura,
Pris ço qu'il out e perdu l'a ;   2170
De ç'aveie jo poësté.
Ci devant vus l'ai aporté."
Apres iço s'en repairierent
Li diable e iluec laissierent
La viande qu'il out emblée   2175
Al vilain e la aportée.
Matin i ving, si la trovai,
En une fosse la jettai ;
En dute fui qu'um la trovast,
S'alcuns venist, si la manjast.'   2180

" Uncor vus vueil jo plus cunter
Dunt chascuns se deit amender

2158 seisine.—2159 ou le puchac.—2160 dirrai.—2161
Dous clers.—2163 autre.—2164 doner.—2165 guarisun.—
2167 La.—2168 Kil ke doner.—2169 kil.—2170 kil.—2171
co aucie.—2173 repairierent.—2174 iluek laisserent.—2175
kil.—2179 kom.—2180 Si aukuns mangast.—2181 noil
conter.

121c   E guarder d'engin des diables
       Qui est subtils e decevables."

Uns prestre esteit de seinte vie,   2185
    de Deu servir ne cessa mie.
    matin levout al Deu servise ;
Mais einz qu'il entrast en l'iglise,
El cimetire demurout
E ses quinze salmes chantout   2190
Pur les almes dunt li cors sunt
En cel liu e par tut le munt.
Chastement se tint e guarda
E bien e bel endoctrina
Icels qui en sa guarde esteient,   2195
E sun cunseil creire voleient.
Suvent se pleinstrent li diable
De sa vie nun reparnable,
E que nuls nel poeit turner
De Deu servir ne d'aürer.   2200
Li maistre diables blasma
Ses serjanz que nuls nel tempta
E nel osta de sun purpens.
Li uns li dit : "Mult a lung tens
Que j'ai entur lui demuré ;   2205
Ore a primes ai tant ovré
Qu'entre ci e quinze anz l'avrai

2183 del diable.—2184 subtil deceuable.—2188 enz kil.
—2189 demorout.—2193 garda.—2195 Iccus garde.—2196
conseil.—2197 Souent.—2199 ke ne.—2201 diable blama.
—2202 serganz ke.—2204 ad long.—2205 demore.—2206
primis.—2207 Que entre.

Enfantosmé, sil decevrai
Par un engin, mes ne puet estre
Qu'einceis scit deceüz li prestre.   2210

121d   Par une femme ai purveü
Que dunc l'avrai *tut deceü."
Li mestre dist: "Mult avez fait
S'en cel terme l'avez atrait
De pechier par temptaciun ;   2215
De mei avrez bon gueredun."

A l demain, si cum il soleit,
leva li prestre e ala dreit
el cimetire e a veü
Un enfant qui jetez i fu.   2220
Delez la croiz jetez esteit ;
Femele fu, il la perneit ;
Nurice quist si la bailla ;
Cume sa fille la guarda.
Il la feseit lettres aprendre,   2225
Al Deu servise la volt rendre.
Quant ert en l'eé de quinze anz,
Mult ert bele e creüe e granz.
Li prestre l'esguarda suvent
Par le diable enortement.   2230
De sa bealté s'esmerveilla
E en suu quer la cuveita ;
Cum plus suvent la vit le jur

2209 pot.—2210 Ke deceu.—2212 Qe donc tost.—2213
dit.—2215 temptacion.—2216 auerez guerdon.—2217 (initial forgotten).—2219 al.—2226 uout.—2228 belee.—2229
souent.—2231 beaute.—2232 coueita.--2233 souent.

Tant fu plus espris de s'amur.
Il la requist, el l'otria   2235
De faire ço que li plerra.
La nuit apres, einz qu'il feïst
L'ovraigne dunt il la requist,

122a Furent li diable assemblé ;
Chascuns a sun fait recunté.   2240
Cil qui entur le prestre fu
A devant tuz recuneü
Ço qu'il pramist dedenz quinze anz :
"Or iert li faiz aparissanz ;
Demain iert li prestre traïz   2245
E par la femme malbailliz
Qu'il a pur sa fille tenue,
Quant a sun lit l'avra eüe
Einz [le] midi que chascuns l'oie."
Mult en firent entr'els grant joie :   2250
" E lui e li amdous avruns,
Kar ensemble les decevruns."
Li mestre dist : " Voels tu aïe ? "
" N'ai eu," dist il, "jo n'en quier mie."
Mult li saveit bon gré sis mestre.   2255
Or oïez cum ovra li prestre :

E   l demain la meschine apele
    [e] si *diseit tant a li : " Bele,
    la enz culchiez desur mun lit,

2234 fud.—2236 lui.—2237 kil.—2238 loueraigne dont
requeist.—2240 ad reconte.—2242 Ad reconu.—2244 ert
fait.—2245 ert.—2246 maubailliz.—2247 ad.—2248 lauera.
—2249 ke.—2250 entreus.—2251 ambdui aurons.—2252
deceurons.—2253 dit uols.—2255 ses.—2258 lui dist ore
a le.—2259 cucher.

Si acumplirai mun delit."   2260
La meschine delivrement
Aveit fait sun cumandement.
Li prestre vint, si l'esguarda,
Mult durement se purpensa
De l'ovraigne qu'il deveit faire,   2265
122b U li diables le volt traire,
Par quei avreit le bien perdu
Qu'il aveit fait e meintenu.
La grace de Deu i ovra :
Hors s'en eissi, cele i laissa ;   2270
Un cultel prist que il porta
E ses genitailles trencha.
Hors les jeta de maintenant,
E puis dist as diables tant :
"Oëz, espirit malfaisant !   2275
James ne serrez joïssant
De la nostre perdiciun
Par ceste malvaise achaisun."

La nuit apres que cist faiz fu,
Sunt li diable revenu ;   2280
Li maistre d'els apele avant
Celui qui li out cuvenant
Que einz midi avreit le jur

2260 acomplirai. — 2262 commandement. — 2264 por-
pensa. — 2265 oueraigne kil. — 2266 Ou noleit. — 2267 tut
le bien. — 2268 Kil. — 2270 issi leissa. — 2271 coutel kil. —
2273 geta. — 2275 espiriz maufeisanz. — 2276 ioissanz. — 2277
perdicion. — 2278 malueise achaison. — 2279 ke cest fait.
— 2281 meistre de eus. — 2282 lui couenant. — 2283 Ke
miedi.

Traï le prestre en sa folur.
Demande lui qu'il en a fait ;   2285
Il respundi : " Malement vait ;
Tut mun travail jo ai perdu."
Devant tuz lur a cuneü
Cument li prestre aveit [ovré.]
Assez aveit de tuz mal gré ;   2290
Lur mestre dit a ses privez :
" A lui ! " fait il, " sil me batez
E flaëlez mult durement ! "
Dunc s'en partent od cel turment.
122c   La meschine dedenz l'iglise   2295
Mist li prestrë, al Deu servise.

122d   J o, Marie, ai mis en memoire
       le livre de l'Espurgatoire :
       en Romanz qu'il seit entendables
A laie gent e cuvenables.   2300
Or preium Deu que par sa grace
De noz pechiez mundes nus face.

2285 kil ad feit.—2286 lui respondit ueit.—2287 iai.
—2288 ad conu.—2289 Coment le (*the rime word omitted*).
—2292 Al.—2297 Joe.—2299 kil.—2300 genz couenables.
2301 Ore preiom ke pur.—2302 nos Amen.

The heading: *Ci parout des peines que sunt en purgatoire* is to be ascribed to the Anglo-Norman copyist(s). Marie uses *parole* for parabolat (*Espurg.* 1460 ; *Lays, Milun*, 190) while the shorter form is common in Anglo-Norman texts (*Deu le omnipotent* 106b ; other examples in Burguy, I., p. 309).

Line 9. Eckleben (*op. cit.*, p. 47) supposes that the translation begins here, representing the "Jussistis, pater venerande, ut scriptum vobis mitterem," etc., of the *Tractatus. Dirai ço que j'en ai oï* (l. 15) is indeed a fair equivalent to "quod de purgatorio in vestra retuli presencia." The feminine participles (ll. 9, 10), however, are decisive evidence that Marie is still speaking of herself, and that Roquefort was correct in saying (II., p. 407): "Marie prévient qu'elle a traduit ce poème à la prière d'un homme prudent et sage, dont elle a reçu des bienfaits," etc.

The translation begins with line 17, which closely reproduces the *Tractatus*: MSS. AC : Licet enim utilitatem multorum per me venire desiderem, etc., and the "*jo*" in ll. 17, 26, 29 is therefore Henry of Saltrey.

41. *cumpuncciun.* Perhaps in this and like words *-ciun* should be written, an orthography frequent in the *Computus* (cp. ll. 199, 202, 207, and also Introduction, p. 93). So *Lays, Chaitivel* 20, *destructiun.* But as *-ciun*, in Marie as in the *Computus*, transcribes Latin *-tionem* (*exposiciun, Computus* 2679, etc. ; *devociun* 42, 194, 583), the first *c* is probably etymological (learned) and hence the change seemed not warranted.

160. *ö unt* is preferable. So *dirai* 187.

202. *reance* (MS. *rance*) is preferable. This substantive does not appear in Körting nor in Godefroy, but is no doubt to be attached to redīmere—*reïmbre* as *creance* to credere (Cp. Cohn, *Suffixwandlung*, p. 74). The *Espurg.* shows *recunter* (not *racunter*) and hence it is preferable to read *re-. reançun* 728 (MS. *rancun*) redemptionem, appears to owe its *a* to *reance*.

234. *regehisseit* is preferable.

260. *sage* is preferable ; so at 387, 398. Cp. eé aetatem 2227, etc.

300. This is St. Bernard's *Vita Malachiæ* (Migne, *Cursus Patrol.*, clxxi., 1074). Cp. above, p. 11.

376. From this passage we must conclude that for Marie *espurgatoire* is feminine, since the participle *mise* obviously refers to that word. 2077 has : *Que l'espurgatoire ert assise En s'eveschié e la fu quise.* In 510, however, we have : *U li purgatoires ert mis* (*:pais*) where the masculine participle likewise stands fast, and where we have the gender we should expect from the neuter purgatorium and the mod. Fr. *purgatoire* (m.). It is a distinct tendency of the Anglo-Norman to make fems. of masc. nouns in final atonic *e* (cp. Suchier, *St. Auban*, p. 49) ; in the *Alexis* 101d adjutorium appears as fem. in MS. A, but as masc. in MSS. PL. G. Paris prefers the fem. There seems, therefore, no reason to deny that Marie has used *espurgatoire* as fem. and *purgatoire* as masc.

540. *delivres.* This adj. shows an *-s* in the n. sg. throughout the *Espurg.* See p. 43, 2.

558. *des i que.* The MS. has always *de ci que.* With Warnke, in the *Lays*, I have thought best to follow Suchier (*Reimpredigt*, p. 75), who regards *des i que* as the etymologically correct orthography.

564. The metre, as it stands in the MS., demands *el* (=*e le*). This may be paralleled from Anglo-Norman texts but not from French. (Cp. Suchier, *St. Auban*, p. 31, 7.) The single example

of *el* (=*e le*) cited by Gengnagel (*Der Kürzung der Pronomina*, etc. Halle, 1882, p. 8) is from the *Passion*.

577. *l'i* (*le i*) for the sake of the sense, though *li* in such cases is not unknown. (Cp. Tobler, *Vermischte Beiträge*, p. 168.) The usual construction in the *Espurg.*, as in mod. Fr., is the accus. with intrans. verbs : *les fist departir* 978. (Cp. 1165, 1907); the dative with transitive verbs : cp. 581, 1528, 1949.

619. *crois.* This word translates cavitatem in Lat. K. (concavitatem AC) and means no doubt 'hollow.' Godefroy has not this meaning, unless it lies in *Si l'en feri le crois del chief* (*Ogier* 3123) which G. translates 'sommet de la tête.' The word belongs probably with the adj. *erues* (*cruese, Lays, Bis.* 93. MS. *cruose*). A word of the same form has the meaning 'gnashing' (Godefroy *s. v.* and *Reimpredigt*, p. 79).

690. *wandiches* (?) The text is here corrupt, and I have been unable to identify this word.

716. Since the contracted form *beneiz* for *beneïz* (benedictus) nearly coincided with *beneïs* (benedicis) the scribe apparently has failed to recognize the imperative, and, to the detriment of the metre, has written *seit Deus* as in 1567, 1679.

725. *barnilment* = 'en baron,' according to Godefroy, who quotes the Oxford Psalter, xxvi. and xxx. (ed. Michel.) There, as here, the word translates Latin viriliter. It is evidently *baron* (with shifted accent) +ilis+mente.

731. *Ja endreit quant* translates mox in Lat. ACK. Cp. *Lays, Lanval* 436.

816. *bosoing* is preferable.

955. Add this case of hiatus to those given, p. 29.

1046. *avis unques* = ' hardly ' (cp. 1190, 1817). In all three instances this phrase translates Latin vix. This French form is wanting in Körting 8798, and in Diez,[5] p. 428. Godefroy quotes examples from the *Dialogues of St. Gregory* and Turpin's *Chronicle*; of *avis* alone s. v. the substantive *avis* (*advisum) where, of course, it does not belong. At 1817, Roquefort printed *Puis unkes* for which, it should be noted, Orelli (*Altfr. Gram.*, p. 371) correctly conjectured *avis unques*.

1123. *ruee*, *rove*, röta. The MS. has *roue* (5 times) and *rove* (twice). V is equivalent to *u* in the MS. Cp. *v = u* aut 84, 112 ; =*u* ubi 86.) There are indications that the copyist replaces *o* in hiatus by *ou* (Cp. *Torn. Ant., l.* 888, *louier* for *loier* OA,[1] and *Espurg.* 851, *louer* for *loïer* locarium : 115 *pouent* for Anglo-Norman *poent; 1090 joues* gabatas.) This points to *roe* as the reading of the Anglo-Norman copy which lay before the scribe. The latter is indeed a common reading in other Anglo-Norman MSS. (E. g. *Four Books of the Kings* 255, Cambridge MS. of the *Reimpredigt* 123f). That it results from the usual Anglo-Norman reduction of Franco-Norman *ue* (*oe*) to *o*, can hardly be doubted in view of Anglo-Norman *poent* for *puent* in *Espurg.* 154, 1320 ; *Harley* MS. of the *Lays, Laustic* 47 ; *Vie de St. Auban* 664, 1289 ; *Deu le omnipotent* 35c, etc. If this view be correct, *roee* or *ruee* is the proper form for Marie, and should be read *Lays, Guigemar,* 539, in place of *roe.* (Cp. also *Reimpredigt*, p. 80.)

1346. *plungerunt =demergeris Lat. K ; demergent Lat. C. The corresponding passage in Jean Belet's version (in the British Museum MS., *Additional* 6534) has : *te prendront moult tost e te plungerout el plus parfond d'enfer.*

1369. The same use of *nus* as the rime-word of both lines of the couplet occurs 401, 1815 ; and of *rus* 2159 ; of *els* 1069. Warnke, *Lays, Fraisne* 341, has suppressed a similar case without good ground.

---

[1] See above, p. 19 ff.

Other rimes of the kind in the *Espurg.* are : 1229 *munt* (montem) : *munt* (mundum) 2153 *un* : *l'un*.

1397. *Crochier.* MS. *croker* (same abbreviation as for *ke*). Whether we have here to do with an Anglo-Norman form (as *saeker* for *sachier*, cp. *Reimpredigt* p. 108), or with a substitution of the copyist, is uncertain.

1520. Mall's remark (*Romanische Forschungen* VI., p. 180, Note) that Marie has here misunderstood the Latin text is incorrect. Marie is not translating Latin A, as Mall supposed, but Latin K which has : vidit patriam =Marie's *un païs vit*, a reading supported by the metre also. *païs* recurs at 1563, 1575, 1580, 1584, 1643. Mall was misled by the false reading of Roquefort.

1707. *aneire.* Lat. K has : et lumen mentis . . ab eo recessit (*A has* eciam *for* et). A second passage will throw more light upon the meaning of this word, which is of uncommon occurrence. 2101 *Aneire apres soleil culchant* corresponds to Lat. K : statem post solis occasum. Here the meaning is certainly 'straightway,' 'immediately,' which fits the sense of the first passage equally well, and also that in the *Lays*, *Chaitivel* 22 where Warnke has unnecessarily suppressed the MS. reading, and where G. Paris (cp. *Romania* XIV., p. 601) translates the word '*aussitôt*.' Godefroy *s. v.* 2. *erre* (p. 329, col. 3) quotes the *Josaphat* of Chardri 233 : *An ·eires, sanz plus de demurer Fist un paleis.* . . and translates ' en hâte,' 'sur le champ.'

1822. **de l'oeil*. Unfortunately, the Latin MSS. contain nothing at all answering to this line. The MS. has *desoil*, and it is possible that we have here Latin *solium—O. Fr. *sueil* with the meaning ' from the ground.' Cp. Benoit. *Chronique* II., 23761 (ed. Michel) : *Il chaïrent par lur orguil Del beau ciel en l'oscur soil.* *s* and *l*, however, are easily confounded in the writing of this MS. (cp. *sis* for *sil* 973 : *des* for *del* 1403, 1622 and *le* for *se* 590 ; *kil* for *kis* 2090) and this fact, together with the sense and point of the passage (Marie wishes to say that the flame of the Holy Spirit was actually *visible* to the eye) convince me that *de l'oeil* is the correct reading. That the diphthong *oe* in Marie has the accent on *e*, which in turn has the quality *ę*, is indicated with sufficient certainty by the rime *cels : doels* (*Lays*, Chaitivel 7.)

Whether the conjectured reading be correct or not, the rime at least shows that we are to see in the *oil* (or *soil*) of this MS. and those of the *Lays*, the Anglo-Norman reduction of *oe*, *ue*, to *o*, and that consequently we must class Marie among those writers (*e. g.*, the scribe of the Oxford *Roland*) who show diphthongization before *l mouillée*. Cp. Suchier, *Reimpredigt*, Introd., p. xvi. ff., and Anger, *Vie de St. Gregoire* (in *Romania* XII., p. 145 ff.) who has the same forms : 1. 31 *veil* *volio *:soleil*. Anger's work dates from 1212-1214.

2030. Cp. the Prologue to *Guigemar*, ll. 9-10 : *Cil ki de sun bien unt envie Sovent en diënt vileinie.*

2057. The ' author ' is, of course, Henry of Saltrey, and the *li* (l. 2059) is Gilbert. The ' monk ' (l. 2060) is the one introduced at l. 2021. At l. 2063 begins the work of an anonymous continuator of the *Tractatus*, who speaks in the first person (ll. 2063, 2071, etc.)

The work of this continuator ends at l. 2184, at the close of the chaplain's speech. The subsequent matter is probably from yet another hand.

2213. The punctuation reproduces Lat. K : Si inquid magister infra. xv. annos deiceres magnam rem faceres.

2222. *perneit*. This, and not *preneit*, is to be read, since in the MS. the crossed *p* stands only for *par* and *per*, never for *pra-* and *pre-*. For the form, cp. *Reimpredigt*, p. 80, and the *Computus*, Introd. p. 97.

ERRATA

Page 40, l. 19 : read *dulcius.
"   40, l. 22, for 'a pretonic syllable,' read : 'a
        syllable in mid-word.'
"   45, l. 12, read : *deceivre.*
"   62. l. 244 : read *turnouent.*
"   88, l. 908 : for *a* read *e.*
"   109, l. 1453 : for *rissiuns* read *veïssuns.*

I, Thomas Atkinson Jenkins, was born in Wilmington, Delaware, May 24, 1868. I received the Bachelor's degree in Arts from Swarthmore College, Pennsylvania, in 1887, and the same degree in Philosophy from the Wharton School of Finance and Economy of the University of Pennsylvania, in 1888. My studies at the Johns Hopkins University began in October, 1891, with French and Italian as my principal and first subordinate subjects. I entered the Romance Languages Seminary at New Year's 1892, and the following summer spent four months in Paris, for purposes of study. I continued my studies the following year with History as second subordinate subject, and held a University Scholarship for that year. In June, 1893, I received the appointment of Joshua W. Lippincott (Joint) Fellow of Swarthmore College for 1893–4, and by virtue of the same have been appointed a Fellow by Courtesy at this University. I have derived the greatest benefit in attending the Romance Seminary of Dr. A. M. Elliott, and from having heard the lectures of Dr. Matzke on Old French, of Dr. Adams on the Germanic Peoples, and of Dr. Bloomfield on Comparative Philology, to all of whom I take this opportunity to express my thanks.

Baltimore, May 24, 1894.